君に甘いつぐないを

ジェシカ・スティール 作
水月 遙 訳

ハーレクイン・イマージュ
東京・ロンドン・トロント・パリ・ニューヨーク・アテネ・アムステルダム
ハンブルク・ストックホルム・ミラノ・シドニー・マドリッド・ワルシャワ
ブダペスト・リオデジャネイロ・ルクセンブルク・フリブール・ムンバイ

HOSTAGE TO DISHONOUR

by Jessica Steele

Published by Harlequin K.K., Tokyo, 2012

ジェシカ・スティール

イングランド中部の田舎に、7人きょうだいの6番目に生まれた。公務員として働きながら小説を書き始める。夫の励ましを得て作家デビュー。一番の趣味は旅行で、メキシコ、中国、香港……と、取材をかねてさまざまな国を訪れている。

主要登場人物

タルーラ・ヴィカリー……政府機関の通訳。愛称タリー。
ハワード・ピアソン……タリーの恋人。
リチャード……タリーの兄。
イェイト・ミーケム……リチャードが勤める会社の社長。
ミセス・ミーケム……イェイトの母親。
バート・ミーケム……イェイトの弟。
ジャッキー……バートの婚約者。
ローウィーナ……バートの元婚約者。
ミセス・エヴァリー……ミーケム家の家政婦。愛称イーヴィ。

1

玄関のドアが開き、兄の声がした。「ただいま」

「手に入った？」

リチャードは〝シャトー・ドゥ・ラベイ〟のボトルを高々と掲げてキッチンに入ってきた。ちょっと大げさすぎる、とタリーは思ったが、いつものとおりそれ以上は考えないでおいた。兄はワイン通を自負しているし、今夜はなにか秘密めいたことでもあるのか機嫌もいいのだから、お金はワインより靴の修理に使ったほうがいいなどとはとても言えない。

「月曜が楽しみなのね」食事のために席につき、ワイングラスを兄に渡して、タリーは言った。

「月曜？　どうして？」

「だって、月曜にはミスター・バージェスが戻ってくるんでしょう？」タリーはあわてて言った。もし妹の言葉を〝会計主任のミスター・バージェスがいないと、兄さんはきちんと仕事をこなせない〟という意味にとったら、兄はまたすねてしまうかもしれ

今夜ばかりはなにもかも言うことなしね。タリーは満足そうなため息をもらした。兄のリチャードはここ久しく見たことがないほど明るい顔で、勤務先の〈ミーケムズ〉から帰宅した。ひどく興奮しているようだったが、タリーはあえてきかなかった。リチャードの気分が変わりやすいのはよく心得ている。

もしかして新しい恋人ができたのかしら？　タリーの心は兄から離れ、別の男性へと飛んだ。すてきなハワードへ。いとしいハワードへと。考えるたびに興奮で胸が躍る。リチャードはハワードをもったいぶった堅苦しい男と思っているが、タリーほどよく彼を知らないのだから、それもしかたなかった。

ない。「自分の仕事に加えて彼の仕事までこなすのは大変だろうから……ただそれだけよ」

「ああ、そう……そうだよな」ありがたいことに、リチャードはまたほほえんだ。タリーは明日ハワードと一緒に出かけて彼の両親に会い、一週間ほど過ごす予定になっている。休暇の間はリチャードの心配をせずにいたかった。ここ最近、兄のようすはどこか変だったから……。「僕はとてもうまくやっているよ。たとえ両手を後ろで縛られていたって、ミスター・バージェスの仕事と自分の仕事の両方をきちんとこなせるさ」

「主任はもうすぐ退職するのよね？」

「僕が望むほど早くはないだろうけどね。僕が彼の後釜《あとがま》に座る、万に一つのチャンスを狙《ねら》っていると思っているなら、それは大きな間違いだ。五年も待たされたあげくに、あのポストにつくには君はまだ若すぎるって言われるだけだろうからね」

「でも、そのころには兄さんは三十歳になっているわ。それに、会社では重く見られているって自分でも言っていたじゃないの。あそこで働くようになってから二年、とてもよくやっているし……」

「もうやめろ、タリー。そのころまでには、きっととても多くのことが起こっているはずだ」タリーと同じ暗褐色の目に、秘密めいた表情が浮かんだ。かつてリチャードは、ワイン造りを仕事にする気でいた。しかし今となっては、もはや不可能だった。

「たとえば、どんなことが起こるの？」

「なんだって？」兄はタリーの言葉を聞いていなかった。

「これから五年の間に、どんなことが起こりそうだと思っているのか、きいたのよ」

「そうだな……いろんなことだよ。老いぼれのバージェスが退職しないと決めるかもしれない。〈ミーケムズ〉では退職は強制されないんだ。なんといっても親玉が変人だからね。健康で働きつづけたいと思う者は、年をとったからといって辞めさせたりしないって考えに取りつかれているのさ」

リチャードが軽蔑《けいべつ》するように〝親玉〟と呼んでいるのは、〈ミーケムズ〉のトップ、イェイト・ミーケムだ。この二年間のどこかの時点で、兄と彼の間にはいざこざがあったらしい。でもリチャードもたまには謙虚になって、もうイェイト・ミーケムの仕事のやり方をどうこう言える立場にないことを思い出してほしい。タリーはため息をついた。

「僕のことは心配しなくていい。自分の面倒くらいちゃんと見られるから、そうやきもきするな」リチャードの顔に、またしても秘密めいた表情が浮かんだ。けれど、なぜ今夜はそんなにうきうきしているのかときいたら、つっけんどんにはねつけられるかもしれない。「どっちにしても、僕のことで頭を悩ませている余裕はないんじゃないのか」

「それ、どういう意味？」

「おまえ、あの気取り屋のハワード・ピアソンと結婚するつもりなんだろう？　明日、あいつのパパとママに会いに行くんじゃなかったか？」

「ハワードは気取り屋じゃないわ。たしかに明日の朝、一緒にスコットランドに行く予定だけど」タリーは念のために言った。「兄さんが必要になりそうなものは全部冷蔵庫に入っているわ。あとはパンやなにかを買えばいいだけよ。ミルクは毎日配達されるし」

「何時に出発するんだ？」

「八時よ」

「じゃあ、明日は早起きしないと、もうおまえには会えないってことか？」

「そうね、一週間後の日曜までは。でも、わざわざ早起きしなくてもいいわ。土曜日はゆっくり寝たいはずだもの。出かける前にちょっと顔を出すわよ」

「おまえ、ハワードと結婚すると決めたんだな?」

リチャードはふいに真顔になった。

タリーはほほえんだ。これまでリチャードがハワードの名前を出すときは、あんな男は妹にふさわしくないと言わんばかりになじるか、あざけるしかしなかったけれど、いくらかでも兄らしい気遣いを見せてくれるのはうれしかった。

「ハワードはまだ結婚してくれとは言ってないの」

タリーは答えたが、心の中では彼は真剣だと確信していた。結婚をほのめかされたことなら何度もあるし、愛しているとも言われたし、女性を連れて両親に会いに行くのは初めてだとも聞いていた。

「まずはパパとママが賛成してくれるか確かめるというわけか?」

「リチャードったら!」

「ごめんよ、タリー。だがまじめな話、おまえは本当にあの男と結婚したいのか?」

考えるまでもない。「ええ、したいわ。兄さんとはあまりそりが合わないみたいだけど、そうよ、私はハワードと結婚したいの」

奇妙なことに、リチャードはほっとしたように見えた。「まあ、おまえももう自分の考えをしっかり持てる年だからな。選挙に行くようになって四年になるんだし、あいつがおまえの選んだ男なら、とやかく言うつもりはこれっぽっちもないよ。もっとも、あの男がさっさとおまえをものにしなかったのは不思議だけどね。ともあれ、今度おまえが戻ってきたときにはもう決着がついているはずだな。あいつは休暇中にプロポーズするつもりなんだろう?」

食後、リチャードはたばこを買いに出かけた。一方のタリーは後片づけをしながら思った。ハワードのことをあんなふうに兄と話し合ったのはよくなかったかもしれない。でも昔のタリーと兄はとても仲がよく、今夜の食事の席では以前の親しい関係に戻れた気がした。リチャードがハワードを未来の義弟とすることに反対せず、二人の結婚を受け入れたばかりか、ハワードはきっとおまえの面倒をきちんと見てくれる、これで僕ももうおまえの心配をしなくていいというようなことまで言ったのだから。

タリーは思わずほほえんだ。兄が私の心配をするのは初めてだ。リチャードのほうが三歳上にもかかわらず、これまで面倒を見る役目を担ってきたのは妹のタリーのほうだった。兄の考えに任せておいたら最後は必ず困った事態になると、タリーはかなり早い時期に学んでいた。

昔からずっとこんなふうだったわけじゃないのに……。そう、十二歳のころまではタリーはいつも兄の影だった。当時のタリーの目には兄はなにをしても正しく見えたし、それは母も同じだったので、二人ともリチャードには甘かった。けれども、やがてすべてが変わった。母はモンティと結婚し、以前ほどリチャードにべったりではなくなった。

もちろん母は相変わらずリチャードを愛していたし、みんなを愛していた。しかしモンティと結婚してからは、夫への愛が心のいちばん大きな割合を占めるようになった。リチャードは当惑し、母の注意をモンティから奪い返そうとして次々と面倒を起こすようになった。度を超した悪ふざけをして、事がおさまるまでに何週間もかかったこともあった。だからタリーはいつも兄のそばにいて、いたずらをしないように気をつけた。そうしてだんだん母の役割を引き継いだので、十八歳で母を亡くしたころにはリチャードとはとても親密な関係になっていた。

母の死の二年後モンティもこの世を去り、思いがけない事実が明らかになった。どういう手段を使ってか、母はタリーとリチャードの実父が遺《のこ》したお金を全部モンティに譲渡していた。モンティが無謀にも株に手を出したせいで、兄妹が二十五歳になったとき手にするはずだった遺産はすっかりなくなっていたのだ。そこでリチャードはきっぱり宣言した。こうなったら二人とも働かなければならない、それなら仕事の口が多いロンドンに行こう、と。我が家である〝ウエストオーバー・ライズ〟も、なじみ深いアンティークもすべて売り払わなければならなかった。しかし、ぐずぐずする理由はないという決心だけすると、兄はこの激動にかかわるいっさいを妹にまる投げした。結局足を棒にしてロンドンの住まいをさがしまわったのも、価値がなくて売れなかった家具を移送する手配をしたのもタリーだった。

〝ウエストオーバー・ライズ〟を去らなければならないことにリチャードはひどく腹をたて、継父のモンティが憎くてたまらないと言った。けれどもタリーは、兄の嫉妬《しっと》心はまだ消えていないのだろうかと思うだけだった。タリー自身の心にモンティへの恨みはまったくなかった。モンティはたしかに不正直なろくでなしだったが、とても魅力的なろくでなしでもあった。いつどこに行くときも必ず母を一緒に連れていき、母の最後の数年をこのうえなく幸福にしてくれた。

タリーはくよくよ考えるのをやめ、居間に向かった。私もリチャードも健康だし、この二年間の生活は必ずしも薔薇《ばら》色ではなかったとはいえ、兄の〈ミーケムズ〉での将来の見通しは明るい。今だってかなりの給料をもらっているし、私がハワードと結婚して出ていっても、一人でこのアパートメントの家賃を払っていけるだろう。

タリーは長椅子の上に置きっぱなしにされていた兄のセーターを取りあげた。リチャードには整理整頓《せいとん》ということを学んでもらわなければ。そうしないと私が出ていったあと、ここはごみ捨て場のようになってしまうだろう。私が一週間に一度くらいここに戻って片づけをしたら、ハワードはいやがるかしら？　それはなんとも言えない。リチャードがハワードを嫌っているのと同じくらい、ハワードもリチャードを嫌っているようだったから。けれど結婚したら、なによりもまず夫を第一に考えるべきだろう。いいえ、自然にそうなるはずだ。今までは面倒を見なければならない相手がリチャードだった、というだけにすぎない。

兄の寝室に入ると、その日仕事に着ていったスーツがベッドの上にぞんざいにほうり出されていた。タリーは身にしみついた習慣に従い、ワードローブからハンガーを取ってスラックスをきちんとかけた。

リチャードのブリーフケースにつまずいたのはそのときだった。もう、私ったら、なにをしているの。体を起こすとブリーフケースが開いていたので、閉めようとした。

でも手を伸ばした瞬間、その手は途中で凍りつき、目はブリーフケースの中身に釘《くぎ》づけになった。どうしてここにこんな大金があるの？　タリーは真っ青な顔でベッドの端に座りこんだ。最初に頭に浮かんだのは、週末の間保管するために預かってきたのだろう、ということだった。でも〈ミーケムズ〉にはちゃんと金庫があるだろうし、万一金庫に問題が生じたとしても、さっさと技術者を呼ぶに違いない。そもそも〈ミーケムズ〉ほどの規模の会社なら、金庫が一つだけということはないはずだ。

まだ呆然《ぼうぜん》としていたとき、玄関のドアが開く音が聞こえた。リチャードの陽気な口笛がふいにとぎれる。寝室のドアが開いていることに気づいたのだろう。タリーは顔を上げ、目を大きく見開いた。「おまえは見てはいけなかったんだ」ドア口から冷たい声がする。次の瞬間リチャードの口調は激しくなり、タリーの最悪の疑惑は決定的となった。「なんだってここに入りこんで、こそこそかぎまわったりしたんだ？　僕は明日にはいなくなって、おまえはなにも知らずにいるはずだったのに」

「いなくなる……」タリーは消え入りそうな声でささやいた。〝こそこそかぎまわった〟と思われたことにも深く傷ついたが、もっとつらかったのはいまわしい確信が強まったことだった。リチャードは自分のものではないお金を持ってきた。雇主の信頼を裏切ったのだ。それでもタリーは、まだ兄が泥棒とは信じられなかった。「どこへ行くつもり？」

リチャードは答えなかった。質問はいっさい無視する気でいるらしい。

「このお金……盗んだんじゃないわよね？」聞き取れないほど小さな声できいた。「リチャード！」タリーは半狂乱になった。「言って。盗んだんじゃないって。そう言ってよ、リチャード！」

「まあ、とにかく落ち着けよ。おまえ、ヒステリーを起こしかけているぞ」

たしかにそのとおりだ。タリーは深呼吸をした。しかし、問題はなんとかしなければならない。それも今すぐ。言い逃れは許さない。たとえひと晩かかっても、必ず真実を聞き出してみせる。とはいえ、うるさくわめきちらしたところで求める結果は得られないだろう。もう一度、深呼吸をする。

「このお金は〈ミーケムズ〉から盗んだのね？」

リチャードは部屋に入ってきたが、タリーと目を合わせることはできず、開いたブリーフケースを不機嫌そうに見つめた。「どうして開けた？　今まで一度だってそんなことをしなかったのに」

「開けたわけじゃないわ。つまずいたら開いてしまったの。たぶん、ぎゅうぎゅうづめになっていたせいね」タリーは抑揚のない声で言った。「さあ、話して、リチャード。なにがなんでも聞かせてもらうわ。こんな大金がどうしてここにあるの？」

兄はまだタリーを見ようとしない。口をとがらせているから、きっとふてくされているのだろう。で

「そ、そのお金でなにをするつもりだったの？」

リチャードの目が急にきらめいた。「計画は立ててあるんだ、タリー。なにも心配しなくていい。おまえはハワードと結婚するんだし、そうなれば僕も自分のことだけ心配していればよくなる」

タリーはリチャードをまじまじと見つめた。これが今まで私が知っていた兄なのだろうか？　リチャードが盗みを働いたことには愕然《がくぜん》としてしまう。それでもおめでたくも、このまま逃げおおせられると考えているなんて。兄が泥棒だと世間に知られたら、私がハワードと築くつもりの幸せに陰りが差すことにも思い至らないなんて。リチャードは正気なの？

「もう全部考えてあるんだ。もちろん、おまえには知られたくなかった。それなら、もしおまえが尋問されても、本当になにも知らないから完全に無実でいられるし、誰かになにかをしゃべることもありえないからな」

も、気にしてはいられなかった。

「どうしてもと言うなら教えてやろう、タリー。盗んだのさ、この金は」リチャードはようやくタリーを見た。「今はバージェスがいない。こんな絶好の機会は二度とないからな。とても簡単だったよ」

「簡単？　でも……でも、会社の上の人たちは兄さんを信頼していたのよ。なのに……」

「信頼？　ばかなことを言うな！　僕たちの大事な義理の父だって家族から信頼される立場にあった。それでも、本来は僕のものだったはずの金を盗んだじゃないか」なくなったお金の半分はタリーのものでもあったのだが、そんなことは頭にないらしく、リチャードは顔をゆがめて激しい口調で続けた。「そうさ、モンティが奪ったんだよ。僕が本当にしたいことをする唯一の機会を。だったら、僕も同じことをしてなにが悪い？〈ミーケムズ〉には金が腐るほどあるんだ」

〝もし〟ですって！　盗みが発覚すれば、すぐさま警察がここに来るに決まっているのに。

「どっちにしてもおまえは明日出かけるんだから、戻ってくるまではなにもきかれはしない。そのころには、僕は外国にいるだろう」

タリーの心は粉々に打ち砕かれた。犯した罪の報いを妹に押しつけようとするなんて、こんなリチャードはリチャードではない。兄が黙って自分を置き去りにしようとしたのかと思うと涙があふれてくる。私が死ぬほど心配するのはわかっているくせに。

「どこに行くつもりだったの？」

「おまえは知らないほうがいいよ、タリー」

タリーはふと思い出した。そういえば、さっきリチャードは言っていた。本当にしたいことをする唯一の機会をモンティに奪われた、と。

「じゅうぶんな広さの土地を買ってワイン造りを始められるだけのお金があるのね？」単刀直入にきく。

「場所はどこ？　フランス？　スペイン？」

どうやら図星だったらしい。「あまり頭がよすぎるとためにならないぞ、タリー」

突然、タリーは耐えられなくなった。理由はよくわからないけれど、ただ泣きたかった。リチャードが盗みを働いたから？　それとも見知らぬ他人のように変わってしまったから？　タリーは涙をのみこんだ。亡き母の思い出のために――リチャードを愛し信じていた母のために、私が兄を思いとどまらせなければならない。

「そんなことはできないわ、リチャード」

「そうかな？」リチャードはそう言ったが、妹のこわばった表情に気づき、思ったほど高飛車な声は出なかったようだ。

「そうよ。こんなお金、ずっと持ってはいられないわ」

「返すつもりなんかない」

「だったら私が返すわ」

「ばかを言うな!」

「いいえ、本気よ、リチャード。このお金を〈ミーケムズ〉に返さないなら、私は警察に行くわ」

「実の兄を密告しようっていうのか?」

「ええ。お金が手つかずのうちに自首すれば、警察に追われて捕まったあとより刑が軽いもの」

リチャードは腹をたてたが、その怒りは頓挫《とんざ》した計画に対してで、タリーの目の中に燃える氷のような怒りにはとてもかなわなかった。そのために少しだけ冷静さを取り戻したものの、リチャードはまだ反論する気でいるようだった。兄が遺産を失ったことには同情するけれど、今は心を鬼にしなければならない、とタリーは思った。リチャードはすねたりごねたりしたあげく、また不機嫌になったが、結局はタリーが強く出たことで迷いはじめた。

「おまえが警察になんか行くわけがない」

「ええ、本当はそれだけはしたくないわ。でも今夜のうちにお金がもとの場所に戻らないなら、ほかにどうしようもないもの。お金が盗まれたとわかったら、警察はすぐここにやってくるでしょうから」

「だけど、それがわかるのは月曜になってからだ。そのころまでには外国に逃げられる」リチャードは反論したが、自信はあまりなさそうだった。タリーの言うことがようやくわかってきて、刑務所に入るのかと思うと怖くなったのだろう。

「お金が正規の持ち主のもとに戻ったら、どこへでも好きなところに行くといいわ」タリーはすでに兄を許したい気持ちになっていた。しかし、リチャードが妹に面倒を押しつけて姿を消すつもりでいたことは、やはり忘れられなかった。

兄はしぶしぶ承知したものの、公金を返しに行くことは頑として拒みつづけた。「僕には無理だよ……これを持ち出すときだって、どれだけ汗をかいたと思うんだ。誰かに見つかるんじゃないかと、ずっとひやひやしどおしだったんだ」

しかしさらに十分が過ぎたころには、タリーの言うとおりにするよりほかに道はないとはっきり悟ったようだった。

「僕はちょっとおかしくなっていたんだよ。捕まらずに逃げきれると思うなんて。イェイト・ミーケムを出し抜こうとした者は必ず後悔するはめになる。そんなことは誰でも知っているのに。あいつは自分で僕に追っ手を差し向け、捕まえるまで決してあきらめないだろう」

「だったら、お金は返すのね」

「おまえ、さっき言ったな。金はおまえが返しに行くって」

この一時間の闘いを無駄にするわけにはいかない。

「地図を描《か》いてもらうわよ。それと、どれがどこの鍵《かぎ》かも教えてもらわないと」

幸い〈ミーケムズ〉はここから一キロも離れていない。兄妹は車を持っていないが、タクシーを使うのは問題外だろう。有罪を示す証拠を大きなビニール袋に移してしっかり小脇《こわき》にかかえ、タリーは道を急いだ。黒いコーデュロイのパンツにリチャードの黒い厚手のセーターを着て、髪は黒いベレー帽の下に入れ、女性らしさがめだたないようブラジャーはつけていなかった。

〈ミーケムズ〉のオフィスがある真っ暗なエリアにつくころには、タリーは汗びっしょりになっていた。あたりは不気味な雰囲気に包まれ、怖くてたまらない。でも、今は泣いている場合ではなかった。建物の中に入り、会計主任のオフィスまで行って、金庫にお金を戻さなければ。なぜ〈ミーケムズ〉のような大会社がこれほどの大金をオフィス内に置くのかリチャードにきいたら、それは子会社の一つである小売店の売り上げで、銀行の営業時間外に運ばれてきたからだという答えが返ってきた。

タリーは裏口のドアに近づき、小さな懐中電灯の光を頼りに鍵をさがした。今にも誰かが肩に手を置き、〝なにをしている？〟と声をかけてくるかもしれないと思うと、息もろくにできない。鍵を鍵穴にそっと差しこんだものの、両手が汗で湿っているのでいったんビニール袋を置き、てのひらをパンツの脇でぬぐわねばならなかった。ドアが音もなく開くと、タリーはまた泣きたくなった。たぶん見つかることはないと勇ましく自分に言い聞かせても、建物の中からかすかな物音でも聞こえたら、一目散に逃げ出してしまいそうな気がする。

兄が描いた図面はよくよく眺め、しっかり頭にたたきこんであった。この角を曲がり、廊下を進めば、突きあたりが目的地だ。

五十メートル足らずの距離を一キロ以上にも感じながら進んでいくと、ようやく目的のドアに手が触れた。鍵を見分けるのに明かりが必要なので、息を殺して身をかがめた。汗ばんだ手がすべり、ビニール袋が床に落ちそうになる。とっさに膝を出し、袋を木製のドアに押しつけてなんとか防いだものの、おびえるタリーにはそのときの物音が静まり返った廊下にいつまでも響いているように感じられた。じっと耳をすます。しかし、ほかにはなんの音も聞こえなかった。

ようやくオフィスに入れた。恐怖のせいで警戒するのも忘れ、金庫があるはずの方向に懐中電灯の光を向ける。よかった。ちゃんとある。タリーは稲妻のようにすばやく動いた。頭にあるのは、この悪夢を早く終わらせたいという思いだけだった。泣くのをこらえ、鍵を開け、重い扉を両手で開ける。急いでビニール袋を開き、札束をいくつかつかんだ。きちんと並べて入れるほどの余裕はなかった。あとはリチャードに任せるしかないだろう。月曜日にミスター・バージェスと一緒に金庫を開けたときに、こう説明してもらうのだ。〝とても急いでいたので、きれいに並べられなかった〟と。おそらく、ミスター・バージェスはリチャードのだらしなさをよく知っているはずだ。なにより、今のタリーはすっかりおびえきっていて、必要以上に長くここにとどまりたくなかった。

ビニール袋を放して札束をつかむ。もう一方の手はすでに金庫の中だった。額からまた汗が吹き出す。刺すような緊張感が背筋を下りていく。後ろで物音がしなかった？　タリーはすさまじい恐怖に襲われた。この部屋にいるのは私一人じゃない……。

実際に悲鳴をあげたのかどうかはよくわからない。しかし部屋の明かりがついたとき、四肢から力が抜けたことはわかった。耳に届いた低い声は皮肉めいて刺々《とげとげ》しく、おもしろがっているふうはまるでなかった。「これはこれは、驚いたな」

タリーは必死に唾《つば》をのみこみ、目を大きく見開いてゆっくりと振り返った。どんな思いを胸に抱いていたかはよくわからない。おそらくは、どうにかして逃げられるかもしれないと漠然と希望を抱いていたのだろう。だが、おびえた目に逃げ道など映っていなかった。そこに立っていたのは、まるで岩を削ってつくったかのような、いかつい顔をした男性だった。こちらを見つめる目は険しく揺るぎなく、哀れみや思いやりはいっさいなかった。この男性は私を容赦なく扱うに違いない。それでもリチャードをかばうつもりなら、どうされようと甘んじて受け入れるしか道はない。

タリーの口から絶望のうめきがもれたが、男性の目はまったくやわらがなかった。あまりに厳しいまなざしに耐えかねて、タリーはさっと目をそらした。ちょうどそのとき、別の男性が部屋に入ってきた。

「連中は逃げてしまいましたか、ミスター・ミーケム？　裏口のドアは開いていて……」警備員の制服を着た男性は、タリーに気づいて足をとめた。

「いや、犯人は一人だけだ、ボブ。それも、子供なみに小柄だな」

「武器は持っていますか？」

「今、それを確かめようとしていたところだ」

子供呼ばわりされても、腹をたてる余裕はなかった。もっとも身長は百七十センチあったけれど、この巨人のような男性からは小さく見えるだろう。厳しい顔の男性が近づいてくるのを見て、タリーはとても正気ではいられないような恐怖を覚えた。この二人は私を男だと思っている。しかも、私を現行犯で捕らえたのはイェイト・ミーケムその人だ。〝イェイト・ミーケムを出し抜こうとした者は必ず後悔するはめになる〟リチャードはそう言っていたのに……。

2

タリーからほんの十センチほどしか離れていないところで、イェイト・ミーケムは足をとめた。目を合わせることはとてもできず、タリーは彼の開いたジャケットからのぞくシャツを見つめた。それでもやはり、この男性はとても大きく思えた。おそらく恐怖のせいで、実際よりもいくらか大きく見えているのだろう。イェイトの両手が伸びてくるのを目の端でとらえ、タリーはさっと身を引こうとしたが、大きな手は重々しく彼女の肩に下りてきた。

「じっとしていろ。動かないほうが身のためだ」

タリーは顔を上げ、大きな暗褐色の瞳でイェイトの青い瞳をのぞきこんだ。氷のように冷たい目だ。

不吉な予感がする。

「絶対に動くな。本当は殴って気絶させてやりたいところだ。その気になれば、わけはないんだぞ」

イェイトが身体検査を始め、タリーはショックのあまり動くことができなかった。こんなふうに男性に触れられた経験は一度もない。タリーは頬を赤く染め、じっとしていた。

しかしイェイトの手が体の前にまわると、反射的にその手を押しのけた。「動くな!」イェイトは歯をきしらせるような声で命じ、次の瞬間タリーの体の前を両手でなぞった。身をよじってもまったく役に立たない。タリーの胸に触れたとき、イェイトがわずかにはっとした。タリーはふたたび真っ赤になった。イェイトを見ることはとてもできなかったが、彼が一歩後ろに下がり、タリーの顔をしげしげと見ているのはわかった。

「武器は持っていない、ボブ」

「よかった。じゃあ、警察に連絡します」

タリーはとっさにイェイトの目を見た。イェイトもタリーを見る。青い瞳には相変わらず厳しい光が宿っていた。タリーは無言でかぶりを振ったが、解放される見込みのないことはよくわかっていた。

「いや、連絡しなくていい。君は建物のほかの部分を調べてくれ。ここにいる人物がパートナーを連れてきているかもしれないからな」

「警察に知らせるなということですか?」

「この泥棒のことは僕に任せろ」

「はい……はい、もちろんです」ボブは即座に答え、タリーをちらりと見てから部屋を出ていった。

イェイトはデスクの下から椅子を引き出し、腰を下ろした。目の厳しさはまったくやわらいでいない。タリーが男ではないともうわかっているのに。

「そろそろ声を聞かせてもらえないかな」

タリーはごくりと唾《つば》をのみこみ、舌の先で乾いた唇を湿らせた。「な、なにを言わせたいの？」

「そうだな、まずは名前から始めようか？」

「名前？」タリーはうかつにもそう繰り返した。しかし次の瞬間、イェイトが目を細くしたのを見て、ぐずぐずせずに即答すべきだったと悟った。「タルーラ」イェイトが唇をきつく結ぶ。タリーの言葉を信じていないのは明らかだった。「本当よ」

「タルーラ？　名字は？」

ああ、どうしよう。ヴィカリーとは言えない。

「私……私は……」タリーはおびえきっていて、この場を言い逃れられる嘘《うそ》を思いつけなかった。思わず〝ピアソン〟と言いかけた。だが、だめだ、それはハワードの名字なのだから。その名字は私のものになるかしら？　ハワードが今夜のことを知ったとしても？　タリーはふとほほえんだ。あきらめのほほえみだった。

「よかったよ。この状況をそんなに楽しんでくれて」イェイトが辛辣《しんらつ》に言い放った。「君は状況をよくわかっていないようだな、タルーラ。僕の金庫から三万ポンドを盗む現場を押さえられて、とても楽しいと思っているようだが、最後には笑っていられなくなるんじゃないかな」

タリーの唇から笑みが消えた。「三万ポンド？」

「もっとあると思っていたのか？　たった三万じゃ、自由を失う危険を冒すには足りなかったかな？」

「そんな……違うわ」

「たいして違わないだろう。君たちはみんな同じだ。なんでも奪う。女にはそれしかない。そしていちばん高い値をつける者に喜んで自分を売り渡すのさ。もっとも、君はそれより一枚うわ手のようだ、小さな泥棒さん。仲介者を省こうとしたんだから」

なんらかの原因があって、イェイト・ミーケムは女性に反感を持っているらしい。でも、今の言葉は？　三万ポンドもの大金を盗めば、もう男性にはこびる必要がなくなるということだろうか？

「まあ、そんなことはどうでもいい。君は警察に引き渡す。最初からそうすべきだったんだ」

「そんな、だめよ……お願い、やめて」

「どうしてやめなきゃならない？　正当な理由が一つでもあるなら言ってみろ。つまらない作り話はするなよ。お祖母《ばあ》ちゃんが病気だとか、兄弟姉妹が六人飢えているとか。最初に言っておくが、そんな話を信じる気はさらさらないぞ」

「なにを言っても、信じる気はないんでしょう」タリーは堂々と言い返した。この三十分間は完全に弱腰だったけれど、どうせ警察を呼ばれるなら、泣きわめいて大暴れしたりはしない。絶対に。

タリーがふいに昂然《こうぜん》と顔を上げたのを見て、イェイトは注意を引かれたようだった。

「信じられないかもしれないが、僕がこの十分間ここに辛抱強く座って、君が嘘以外のことを言うのをずっと待っていたなんて、僕の知り合いは誰も信じないと思うよ」イェイトが辛抱強くないことは言われるまでもなかった。「君は僕にでたらめの名前を教えた」イェイトはさらに続け、タリーが否定しようとしているのに気づくと、乱暴に制した。「黙るんだ！　君の名字がなにかは知らないが、きっと突きとめてみせる。僕の忍耐はもう限界なんだ。だから、さっさと白状しろ。君は誰だ？　どこに住んでいる？　いったいどうやってここに入った？」

「言えないわ」タリーがみじめに答えたが、イェイトが立ちあがってドアの方に向かうと、なけなしのプライドはあっさり消えうせた。パニックに陥り、彼より先にドアに行こうと必死に走る。もしかしたら、まだ逃げるチャンスはあるかもしれない。イェイトの腕が腰に巻きつき、タリーを体ごとドアから引き離した。まるでぬいぐるみの人形みたいに。

「お願いだから、警察には電話しないで。あなたの言うことはなんでも聞く。なんでもするから……お願い、電話しないで……」声はそこでとぎれた。イェイトの目にふいに浮かんだ表情に視線が釘《くぎ》づけになり、催眠術にかかったように動けなくなった。どうやら、彼はなにか思いついたらしい。そしてますます、そのアイデアが気に入っているようだった。

「その帽子を取れ」イェイトはそっけなく命じた。

タリーは頭に手をやり、〝帽子を取る〟と繰り返しながら、彼が急にどうかしてしまったのかといぶかった。タリーがさっさと命令に従わないので、イェイトの手がさっと動く。次の瞬間、輝くような褐色の髪が肩に流れ落ちた。

「ふーん」イェイトは満足そうだ。「それでは今度は正直に答えてもらおうか。前科はあるのか？」

「前科？」イェイトの狙《ねら》いがなにかはわからない。でも、これだけははっきりと感じられた。彼の頭がおかしくなったのでないなら、きっと私の頭がおかしくなったに違いない。

「警察の厄介になったことはあるのか？」

「まさか、ないわ」タリーは憤然と答えたが、イェイトが目を細くしたのを見てあわてて言い直した。

「ないわ……これが……」

「初仕事か？」イェイトはさらに数秒、しげしげとタリーを見つめた。「頭が鈍いわけではなさそうだ。話し方はいちおう合格点だ」

それはどうも！　タリーは学校で発音矯正にどれだけ力を入れたかを思い出した。イェイトは『マイ・フェア・レディ』のヒギンズ教授よろしく、あとについて自分の言葉を繰り返せとでも命じるつもりだろうか？

「君の言うことはとても信じられない」イェイトの声を聞き、タリーははっと我に返った。「だが君が盗みを働きそうになったら、僕がとめればいい。そうとも」イェイトは心を決めたようだった。「君ならうまくやれるだろう。とてもうまく」

「なにを……その……いったいなんの話？」

イェイトはなにも答えず、札束の入ったビニール袋を拾いあげて金庫の中にしまった。それから急ぐこともなくドアまで行き、片手を取っ手にかけてタリーをじっと見つめた。

「警察に行かないなら、僕の言うことはなんでもきくと言ったな」イェイトはいったん言葉を切り、値踏みするようなまなざしをタリーに向けた。「いいだろう。今回のちょっとした悪ふざけには目をつぶる。君が僕の言うとおりにするという条件で」

「わ、私になにをさせたいの？」

「ああ、そんなに心配しなくていい。あまり経験のないことじゃないと思うから。実は週末に愛人が必要でね。君に頼むよ」衝撃的な言葉を残し、イェイトはドアを開けて静かに出ていった。タリーはショックで気が遠くなりそうだった。


おかしくなったのは私のほうなんだわ。わきあがるパニックを必死に抑え、タリーは思った。だって、あの人があんなことを言うはずがないもの。彼の声にはなんの感情もこもっていなかった。目の表情を見ても、私を気に入っているとは思えなかった。なのに冷たく私を眺めまわして、こう言った。〝君に頼むよ〟と。

タリーはいまだに信じられなかった。自由の代償、警察を呼ばれないための代償が今週末、イェイト・ミーケムの愛人になることだなんて……。ああ、私はどうすればいいの？　あの大きな体の男性が言ったことは本気だったに違いない。手足がひどく震え、タリーは座らなければならなかった。どうして彼は私を選んだの？　脅迫して無理強いしなくても、愛人の一人くらい見つけられるだろうに。ドアのそばに立つイェイト・ミーケムの姿を、心に思い浮かべる。大柄で金髪。年は三十五歳くらい。イェイトの容姿は悪くなかった。ハンサムというわけではないが、ああいうタイプの男性が好みなら、いやだと思うところは一つもないだろう。そう、あの険しすぎる青い瞳で見つめられさえしなければ。それでも納得がいかなかった。あの男性が女性を手に入れるのに苦労するはずはない。とても男らしい人だし、彼を好きになる女性はいくらでもいると思う。だったら、どうして私なの？　私の体を調べたときの感触が、彼の本能に火をつけたのだろうか？

タリーは吐き気を覚えながらも、なんとか答えを見つけようとした。しいて女性をさがすのが面倒だから？　あまりにも簡単すぎて飽きてしまったから？　それで、あくまで抵抗しそうな相手を征服したくなったとか？　たしかに私なら彼のベッドに引きずりこまれないよう全力を尽くして闘うだろう。

タリーは立ちあがり、部屋を行ったり来たりしはじめた。きっとリチャードは私の帰りを心待ちにしている。ああ、どうしてこんな汚れた仕事を買って出たりしたのだろう？　でも、それ以上は考えないことにした。今リチャードに文句を言ったところで、どうにもならないのはわかりきっている。イェイトにすべてを告白し、警察沙汰《ざた》にしないでくれと懇願しようかとも思ったが、たちまち考え直した。週末に愛人が必要だと、彼は言った。ここでリチャードの名前を出そうと出すまいと、沈黙を守る代償としてやはり同じことを要求されるに違いない。もっとも、愛人になるのに言葉の発音が問題になるのはどうしてなのか……。

そのとき、廊下から足音が聞こえた。イェイトが戻ってきたんだわ。彼のことを考えて、私は貴重な時間を無駄にしすぎてしまった。本当なら脱出計画を練るべきだったのに。イェイトが知っているのはタルーラという名前だけ。そうよ、だったらほかにはなにも言わずになんとかここから脱け出せば、あとはもう見つかることはないはずだ。

タリーはさっとドアに目をやった。鍵《かぎ》がまわり、イェイト・ミーケムが現れる。「行くぞ」

「ど、どこに行くつもりなの？」

イェイトはタリーの質問を無視し、手を伸ばしてデスクからベレー帽を取ると、ぽんと投げてよこした。「それで髪を隠せ。そしたら移動だ」

「どうして髪を隠さないといけないの？」

「ボブのそばを通るからだよ」もう我慢の限界だというように、イェイトはタリーの方に一歩近づいた。「それに、僕が命じているからだ」そうつけ加え、ベレー帽をひったくって、乱暴にタリーの頭にかぶせる。「髪を帽子の中に入れろ」

私がすばやく命令に従わないと判断したら、傷つけることも辞さないらしいとタリーは悟り、ものの数秒で髪を帽子の下に押しこんだ。

次は手錠でもかけるのかと思ったら、それはなかった。タリーはイェイトの自信が憎らしくなった。私が全速力で逃げたところで、どうせ遠くまでは行けないとたかをくくっているのだろう。でも見てるがいいわ、ミスター・ミーケム。外に出たらどうなるか、楽しみに待っていることね！

しかし裏口まで来たとたん、せっかくの逃走計画は無駄だったとわかった。ドアの前には輝くようなクリーム色のリムジンがとまっていて、警備員のボブが助手席のドアを開けて待っていた。タリーが席につき、ボブがドアを閉めるのを確認してから、イェイトはすばやく運転席に乗りこんだ。たった一度のチャンスはこれで失われた、とタリーは悟った。

イェイト・ミーケムもタリーの心づもりを知っていたに違いない。その証拠に皮肉っぽくこう言った。

「君は手ごわいな」同情のかけらも感じられない声だった。イェイトが身を乗り出し、タリーのシートベルトを締める。とても複雑そうなシートベルトで、赤信号で停車したときに逃げようとしても、はずすのに十秒はかかってしまいそうに思えた。

時間の感覚がなくなってからだいぶたっていたので、十分後なのか三十分後なのかはわからなかった。車はしゃれたアパートメントの前でスピードを落とし、建物脇《わき》の駐車場まで進んだ。まわりにはベントレーやロールスロイスがとめてある。イェイトはかなり高級な地区に住んでいるのだろう、とタリーは思った。

「まずはそれからだな」

イェイトの声がする。タリーは体をひねり、今のはどういう意味なのか確かめようとしたが、答えがわかるまでにそう長くはかからなかった。ベレー帽が頭から取り払われた。ああ、私の髪はどんなふうになっているの？　何度も帽子をかぶったり脱いだりしたから、毛がぼさぼさの牧羊犬みたいに見えるんじゃないかしら？　タリーは髪を目から払いのけ、必死にあたりを見まわして逃げるチャンスをさがした。〝まずはそれからだな〟と彼は言った。つまり中に入ったら、残りの衣服もすぐに脱がせるという意味に違いない。

「私を自由にして！」気づかないうちに、懇願の言葉が口から出ていた。

「もう取り引きをだいなしにするつもりなのか？」

「取り引きなんかしていないわ！」

「警察を呼ばないならなんでもする、と言ったじゃないか。なんだったら、これから警察に電話してもいいんだぞ」

「なんて人！」タリーは叫んだ。今逃げられなければ、負けが決まってしまう。

「君は本当にかわいいな」イェイトはあざけり、外に出て運転席側のドアをロックしようとした。

タリーは即座に動き、十秒はかかりそうなシートベルトを一秒足らずではずした。最初に押したのがたまたま解除ボタンだったのは、守護天使のおかげだろう。タリーはひらりと外に飛び出した。しかし、結局すぐにつかまってしまった。

彼はまだ運転席側にいると思っていたのに。

「残念だな」イェイトがそらぞらしく言う。

「あなたって最低！」

「たしかに君の言うとおりだ、タルーラ」イェイトはあざ笑った。「だが、僕は今まで約束を破ったことが一度もない。誰に対しても」

「こんなの脅迫だわ」タリーは吐き捨てた。

「守衛のそばを通るときにはかわいく笑うんだぞ。反抗的な野良猫を家に引っぱってきたとは思われたくないからな」

タリーはその言葉を無視した。イェイトはタリーの手首をしっかりつかみ、玄関に向かった。本当は守衛やほかの誰にどう思われようと、少しも気にしないのだろう。イェイト・ミーケムがすると心に決めたら、気に入らない人間など意に介さないだろう。

だけど、私を思いどおりになどしなくてもいいのに。なんとかしてこの窮地から脱出しなければ。それも、できるだけ早く。夜はもうだいぶ更けているに違いない。ああ、明日の朝にはハワードと出発しなければならないのに。荷造りはすでに終わっている。でも、ハワードのことを考えたのは数時間ぶりだった。

守衛の姿を見ることなく、タリーはエレベーターに引っぱっていかれた。制服を着た男性のそばを通ったのはなんとなくわかったが、彼女の頭の中はハワードのことでいっぱいだった。明日の朝八時、タリーがアパートメントで出迎えなかったら、ハワードはなんと言うだろう？　彼を失うわけにはいかない。絶対に。もう一度注意を引いてみようと思い、隣にいる男性の顔をちらりとうかがったが、ちょうどエレベーターがとまってタリーは廊下に押し出された。これから最後の審判の日まで訴えつづけても、イェイトは一歩も譲ってくれない気がした。イェイトは廊下を少し進み、ドアの鍵を開けた。タリーは前に出るのを渋ったが、そんなことをしても無駄だった。イェイトは片手でタリーを部屋の中に引っぱってくると、ようやく手を離した。「楽にしてくれ」

タリーはなにも答えなかった。二人の間に距離をとりつつ、まわりをよく見て自分の位置を把握したかったが、イェイトが襲ってくるかもしれないと思うと、怖くて目を離せなかった。

「飲み物は？」

「なんですって？」

「なにか飲むかときいたんだよ」

私の感覚を麻痺《まひ》させてから、襲うつもりなのね。

「コ……コーヒーがいいわ」

「好きにするといい。キッチンは向こうだ。僕のぶんはいれなくていい。スコッチを飲むから」

イェイトから離れられるのがうれしくて、タリーはさっそく指示に従い、気づいたときはキッチンにいた。とても使いやすそうなキッチンだ。最高をめざすために出費を惜しまなかったに違いない。

コーヒーをいれるのにそう時間はかからず、タリーは最初の一杯をいっきに飲んだ。イェイトがようすを見に来る気配はなかった。もし居間でタリーが戻るのを待っているなら、とても長い間待つはめになるだろう。彼の顔なんて見たくもないわ。タリーは二杯目のコーヒーを口に運びながら、どうすれば逃げられるか考えつづけた。きっとリチャードは待ちながら、気が気でないに違いない。居間で電話を見かけたけれど、誰かに連絡するなんて無理に決まっている。ここが何階かはわからないが、窓から脱出できるとは思わないほうがいい。だとしたらイェイトが居間を出た隙《すき》を狙って、全速力で走るか……。

「ずいぶん長くキッチンにいるな」いまいましげな

声が聞こえた。「新しい作戦を練っているんじゃないのか？」ほぼ正解と言ってもいい。タリーの頬は真っ赤に染まった。「不思議だな」

「なにが？」タリーは思わずきいた。

「たしか、君は前にも赤くなった気がする」いつのことなのか、タリーはすぐに思い出した。無造作に胸をさぐられて恥ずかしかったとき。イェイトはあれを忘れていなかったのだ。「そして、今もまた赤くなっている。もうそんな恥じらいはなくしているかと思ったのに」

「うるさいわね！」タリーは荒々しく言った。不安、恐怖、そしてイェイトに触れられた記憶のせいで、我を忘れかけていた。

「いいね。その調子だ」

「あなたは抵抗する女が好きなのね。そうなんでしょう？　あなたは……」

「だが、君は僕の女じゃない」イェイトが口をはさみ、なめらかな声でつけ加えた。「今はまだ」

「これからもないわ。あなたのものになるくらいなら、死んだほうがましよ」

「おや、ヴィクトリア朝時代のヒロインのお出ましか」イェイトはあざけるように言ったが、次の瞬間、表情が一変した。まるでタリーをいじめるゲームに急に飽きたかのように。「君はずいぶん長くここにいた。コーヒーも飲みおわったようだし、もういいだろう。一緒に来てもらおうか」

「どこへ？」タリーの心臓が猛烈に鼓動を刻みはじめた。

「もちろん、僕の寝室さ。ほかにどこへ行く？」

タリーは激しく拒絶しようとしたが、思いが声になることはなかった。寝室には絶対に行かないという彼女の決意を感じ取ったかのように、イェイトがさっと彼女を抱きあげてキッチンを出たからだ。

「下ろして！」タリーは叫び、イェイトの肩を拳《こぶし》でたたいた。最初のショックを乗り越えてようやく声が出たものの、途中の居間をあっという間に通り過ぎてしまっていた。

「喜んで」イェイトが答えたのは、大きなベッドが置かれた部屋に入ってからだった。「まったく、君の演技はアカデミー賞ものだな」イェイトは息一つ乱していなかった。タリーを無造作に絨毯《じゅうたん》の上に下ろし、閉まったドアを背にして立つ。「だが、しかたないな。女は誰でも演技力を持って生まれてくるんだから」

「きっとその女性はあなたをとても傷つけたのね」タリーは吐き捨てるように言った。激しい怒りのせいで、言葉に注意する余裕などまったくなかった。

「誰のことだ？」

鋭い言葉が空気を切り裂き、イェイトの顔に抑えのきかない憎悪がよぎる。タリーの胸に新たな不安がわきあがり、イェイトが彼女を誘惑しようとしているのではないかという、これまでの不安を圧倒した。彼の顔は人も殺しかねないほどの怒りにあふれ、タリーは震えあがった。

「誰だ？　誰の話をしているんだ？」

イェイトの顔に浮かんでいた憎悪は消え、代わりに氷のような冷ややかさが現れた。

「だ、誰かは知らないけど、どこかの女の人があなたを幻滅させたんでしょう？」自制心を取り戻したイェイトを見て、タリーも勇気がわいてきた。「あなたは私に興味なんかないのよ。私という人間にも、私の……体にも。あなたはすべての女性を一つにして見ている。誰も彼もが、あなたを捨てた女性と同じだと思っているのよ」ただの推測にすぎないのに、イェイトが目を細くしたところを見るとどうやら図星だったらしい。「私を……私の体を利用すれば、彼女を頭から追い出せると思っているのね。でも、それは無理よ。そんなやり方で過去の亡霊を追い払うことはできないのよ」

息づまるような沈黙が下り、タリーはうつむいて絨毯を見つめた。今の言葉が彼の心に届かなければ、イェイトは彼女を抱くどころか、まったく違う行動に出るかもしれない。あの凶悪な光がふたたび目に宿るかも。今でさえ、タリーは怖くてイェイトを見られなかった。

無慈悲な笑い声が聞こえ、タリーは命がけで闘う覚悟をして、さっと顔を上げた。イェイトの顔にはユーモアのかけらさえ浮かんでおらず、言葉にも笑いは含まれていなかった。

「まるで見当はずれだな、アマチュア心理学者くん」イェイトはそこで言葉を切り、青く険しい瞳でタリーの目をまっすぐ見つめた。「さあ、服を脱いでもらおうか」

3

青ざめたことは前にもある。しかしイェイトの言葉が耳に届いた瞬間、タリーは本当に真っ青になった。「いやよ！」

「僕に脱がせてほしいのか？」

タリーはあとずさりした。イェイトが追ってくると思ったが、彼は冷たい目をタリーにちょっと向けただけだった。タリーは困惑し、眉をひそめた。

「勘違いするな、タルーラ。僕が出かける前に、そのセーターとパンツを脱いでもらいたいだけだ」

タリーはほっとしたが、それでもまだ油断せずにイェイトを見つめた。「あなた、どこかへ行くの？」

残念ながら、タリーの安堵《あんど》感は顔にちゃんと出ていた。イェイトが短く笑った。今度の笑い声にはユーモアの響きがあった。

「僕が相手をしてきた女性たちは、君より積極的だったよ」きっとそうだ、とタリーは思った。「そうだ、僕は出かける。ただし僕が戻ったときには、君が確実にここにいるようにしておきたい」服がなければ、私がここにとどまっていると思うの？　だったら考え直したほうがいいわ。必要ならシーツを体に巻いただけで、ここから逃げてみせる。

「さあ、脱いで。言っておくが、僕の忍耐力はもう限界だ」

イェイトは向きを変え、そばにあるもう一つのドアを開けに行った。どうやらバスルームらしい。この隙《すき》に居間に飛びこみ、玄関のドアを出てエレベーターと自由に向かって全力疾走しよう。タリーはそう思った。しかしその前にイェイトが戻ってきて、タオル地の白いバスローブをぽんと投げて皮肉っぽく言った。

「君のつつしみ深さはそれで守るといい」

言われたとおりにするしかないだろう。

「あ、あの……悪いんだけど……向こうを向いていてもらえる？」

「なぜ僕がそんなことをしないといけないんだ？」

男に生まれればよかった、とタリーは生まれて初めて思った。あの冷笑を彼の顔から消し去ってやれるなら、なんだってするのに！

「そうしていても時間の無駄だ」とうとう堪忍袋の緒が切れたのか、こちらに一歩近づいてきた。

「お願いよ。私、このセーターの下にはなにも着ていないの。だから……」

「よくわかっている」イェイトは冷ややかに言い、タリーの頬は真っ赤に染まった。しかしタリーのおびえた表情にある、ほかのなにかのせいで、イェイトはふいに足をとめ、背を向けた。もしかしたら、彼女がまた赤くなったのを見たせいかもしれない。

「さっさとしろ」それから整理だんすのところに行き、引き出しの一つを開けた。

タリーは大急ぎでセーターを脱ぎ、イェイトが振り返る前にどうにかバスローブを着こんだ。白いバスローブ姿のタリーを見ても、イェイトはなんの興味もなさそうだった。それでも、手にはカメラを持っている。タリーは血が凍りつくような感覚に陥った。まさか彼は女性のヌード撮影に快感を覚える異常者なの？　その夜初めてタリーの目に涙があふれ、頬をつたって流れ落ちた。

「どうやら君は、汚れた狭い心で僕の思惑を察したようだ」イェイトが辛辣《しんらつ》に言う。「言っておくが、僕が撮りたいのは君の顔だ。そうするのは君が美しいからじゃない。もちろん、君は自分がきれいだと承知していて、いつもうまく利用しているだろうが。単に保険をかけておきたいんだよ」

「保険？」

「これから出かけると言っただろう？　それでふと思ったんだよ。とにかく逃げようと必死な君は、夜中の一時にバスローブ一枚でロンドンの暗い通りに出ていく危険を冒すかもしれない。万一君をさがさなければならなくなったとき、顔写真があれば役立つ」イェイトは要点を強調した。「僕が写真を持っていることで君をここに引きとめておく力にならないのなら、これだけは承知しておいてくれ。僕は君をさがし、必ず見つけ出す」

信じないわけにはいかなかった。それでも、ほかにも気になることがあった。「一時ですって？」

「今夜は長い夜だった。ずいぶん時間を無駄にしてしまった。下も脱いで、こっちにもらおうか」

〝必死な君〟とイェイトは言った。そのとおりだった。先ほどまでは彼に背を向けるのが怖かったが、今度はすぐに後ろを向いてコーデュロイのパンツを脱いだ。それから体を起こし、バスローブのひもをしっかり締めて振り返ろうとしたとき、化粧台の鏡が目にとまった。これが本当に私？　髪を乱し、大きく目を見開いた女がじっとこちらを見返している。前がはだけて胸のふくらみがのぞいているのに気づいて、思わずあえぎ声をもらした。ただ、声がもれたのは、自分の姿を見たせいばかりではなかった。鏡にはイェイトも映っている。彼が見つめているのはタリーの顔ではないと気づいて、またしても気分が悪くなった。

タリーはあわててバスローブをかき合わせ、ひもを二重に結んで簡単にはほどけないようにすると、脱いだパンツを拾いあげてイェイトに渡した。

「靴もだ」言うとおりにするしかなかった。「ベッドの真ん中に座って」イェイトが命じる。タリーは操り人形のようにベッドにのぼった。片手でしっかり前を押さえながら。またはだけるようなことがあってはならない。さっき私の胸を見たとき、彼の目は興味ありげに輝いていた。あれは絶対に私の勘違いではない。

「こっちを見て」イェイトが言った。タリーは昂然《こうぜん》と顔を上げたが、カメラがこちらを向いているのに気づき、またうつむいた。「顔を上げるんだ」とどろくような声がした。怖い思いをするのはわかっていたが、どうしても彼に従うことができなかった。

「いいだろう」イェイトが言い、少しの間、沈黙が流れた。でもこの男性は必ず私の顔を上げさせる、たとえ天井のフックから首をつるしてでも……タリーがそんな場面を想像していると、カメラのシャッターを切る音がした。ただし、フラッシュは光らなかった。きっとイェイトはフラッシュが必要ないカメラを使ったに違いない。とはいえ、きちんと顔が見分けられる写真が撮れたのだろうか。タリーは顔を上げた。その瞬間まぶしい光を浴びて、目を細めるはめになった。

「このバ……」〝ろくでなし《バスタード》〟とタリーは言おうとした。しかし言いかけた言葉があまりになじみのないもので、どうしても口にできなかった。

「なぜそこでやめる?」イェイトが皮肉っぽく言った。「もっとも君の意見には合わないが、僕はちゃんと結婚した両親から生まれた。婚外子《バスタード》じゃない」

そう話しながらイェイトはカメラからタリーのポラロイド写真を取り出し、しげしげと見つめた。

「完璧《かんぺき》だよ。犯罪者にしては魅力的な唇だ。もう一度ポーズをとってくれと頼む必要はなさそうだ」

タリーはもの言いたげな視線を彼に向けた。その仕草がおもしろかったらしく、イェイトは口の端をゆがめてカメラを引き出しに戻すと、タリーの衣類を小脇《こわき》にかかえて部屋から出ていった。

これまでに起こったすべてのことが現実とは思えなかった。ほんの数時間前まで、タリーは政府機関で通訳として働くごく普通の善良な市民だった。社会に適応し、幸せで、ハワードと一週間を過ごし、彼の両親と仲よくなるのを楽しみにしていた。ところが今は、こんな場所で吐き気と疲労感にさいなまれながら意気消沈している。すべての希望は失われた。もうベッドから下りる気力もない。居間にイェイトがいなければ逃げられるかもしれないのに、確かめる気にさえなれなかった。

やがてイェイトが寝室に戻ってきた。タリーの服はもう持っていない。写真はどこか安全な場所にしまったに違いない。彼の姿を見ただけで、タリーの中にいくらか気力がよみがえった。イェイトは車のキーを持っている。つまり、もうじき出かけるのだろう。こんな時間にどこへ行くのかは知らないけれど。ともあれ、彼が出かけたらすぐここを家さがしして、セーターとパンツと靴を見つけよう。

「言っておくが、服をさがしても時間の無駄だ」

「そんなにうまく隠したの？」

イェイトの顔にゆっくりと冷笑が浮かぶ。「いや、隠していない。ダストシュートに投げこんだのさ」

「あなたって人は……」

「僕は僕さ。誰でもない」イェイトは平然として言った。「もっとも僕が君なら、少し休んでおくがね」

その言葉を聞き、タリーの頭の中でふたたび警報が鳴った。「今週末はかなり……疲れることになるはずだから」

「あなたなんか、地獄に落ちればいいのよ！」

「地獄に行く気はない。とりあえず、今はまだ」

「どこへ行くの？」

「君が誰の助けもなしにうちの金庫を狙《ねら》ったとは思えない。共犯者が誰なのか、実はもう見当がついているんだ。だからそろそろ、君の泥棒仲間のところを訪ねてみようかと思ってね」

ドアが閉まる音が聞こえてからしばらくたっても、タリーはショックから立ち直れずにいた。貴重な時間を何分無駄にしたかはわからない。麻痺《まひ》した頭がようやく働きはじめた。見当がついている？　嘘《うそ》よ。わかるわけがない。私とリチャードを結びつけるものなんかなに一つないのに。タリーは必死にあたりを見まわした。すると電話が目にとまり、とっさに体が動いた。リチャードに警告しなければ。しかし電話をかける途中で手をとめ、受話器を戻した。今連絡してリチャードをうろたえさせても、しかたがない。まずはよく考えてみなければ。

イェイトが本当に正しく見当をつけているのなら、もうすぐ向こうに着くころだ。リチャードに電話しなければならないのはわかっているけれど、まずはよく考えることだ。イェイトがなぜ、どうやってリチャードのことをかぎつけたのか、いぶかっている余裕はなかった。電話でどう言えばいいか集中して考えなければ。なにも心配しなくていいとうまく説得しなければ、あの兄のことだ、動揺して、言ってはならないことまで言ってしまうに違いない。

　なにかいい方策を思いつかない限り、私の将来も兄の将来もだいなしになる。タリーは必死に集中しようとした。イェイトと一緒に週末を過ごせば、私の罪はすべて忘れてもらえる。リチャードは罪に問われない。でも、もしイェイトがリチャードを追及するために出かけていて、兄がお金を盗んだのは自分だと告白すれば、イェイトは兄を見逃してくれるだろうか？　〝イェイト・ミーケムを出し抜こうとした者は必ず後悔するはめになる〟ようやく答えが出た。イェイトが真実を知れば、彼はなんのためらいもなくリチャードを刑務所に送るに違いない。タリーは電話に手を伸ばした。

「タリーか？　よかった。死ぬほど心配したんだぞ。いったいどこにいるんだ？　金は返したのか？」

　タリーはやっとの思いで唾《つば》をのみこみ、口を開いた。「大丈夫よ、心配いらないわ、リチャード」

「金は金庫に戻したんだな？」

「ええ……」

「誰にも見られなかったか？」質問に答えるひまはなかった。「くそっ、誰か来た。まさか警察じゃないだろうな？　おまえがしくじったんなら、僕は自殺するしかないぞ」

「落ち着いて、兄さん」タリーはあわてて言った。「言ったでしょ、お金は金庫に戻したと。私……」

「ありがたい！」リチャードはタリーの言葉をさえぎった。「タリー、誰が来たか確かめに行かないと。悪いけど、ちょっと待っててくれ」

「だめよ、リチャード……」タリーは言ったが、すでに手遅れだった。兄が受話器を置く音がしても、電話を切る気にはなれなかった。どうか訪問者がイェイト・ミーケムではありませんように。

「もしもし、まだそこにいるか、タリー」兄の声はうわずっていた。「ミスター・ミーケムが来たんだ。どうやら僕の鍵《かぎ》が見つかったらしくて、最後に鍵があるのを確認したのはいつかってきくんだよ」

ああ、あの鍵だ！　私は鍵を金庫にぶらさげたまま、すっかり忘れていた。これですべてがわかった。イェイト・ミーケムは金庫を閉めたときに鍵を回収し、その鍵を使ってタリーをオフィスに閉じこめた。そしておそらくはその間に警備員のオフィスに行き、会社から鍵の所持を認められている社員の名前と住所を調べたのだろう。

「タリー？」

「大丈夫よ、リチャード。とにかく落ち着いて。その……ミスター・ミーケムにはこう言うの。鍵は会社から帰る途中で落としたって」タリーはすばやく頭をめぐらせ、さらにつけ加えた。「たぶんミスター・ミーケムはもう金庫を調べて、中身がちゃんとあることを確認しているわ。そうでなければ、警察に連絡するはずだもの。そうでしょう？」

「ああ……そうだな。おまえの言うとおりだ」

「だから兄さんは謝って、これからはもっと気をつけるって言えばいいのよ」

「ああ……わかった、そうするよ。ところで、おまえはどこにいるんだ？」

きかないでくれたらよかったのに。いったい、どこにいると言えばいいのだろう？

「あのちょっとした仕事はわりと早い時間に……片づいたの」すばらしい考えがどこからともなくわいてきた。「だから、ハワードのところに来たのよ。そしたら彼が言うの。明日はとても長い距離を移動するんだし、ここから一緒に出発すれば三十分は時間が節約できるって」

受話器を置いたあと、タリーは汗ばんだ手を洗いに行かなければならなかった。ハワードの家に泊まったことなどこれまで一度もなかったが、リチャードは妹の言葉をうのみにした。あとはイェイト・ミーケムと話をする間、兄が冷静さを保ってくれさえすればいい。タリーの望みはただそれだけだった。

バスルームを出て居間に戻ると、そこがとても広くて快適そうなのに初めて気づいた。ただし家具も絨毯《じゅうたん》も茶色、壁は真っ白で、いかにも男性の部屋という雰囲気だった。頭をめまぐるしく働かせ、タリーは安楽椅子に腰を下ろした。

今、逃げるわけにはいかない。たとえ逃げられるにせよ、バスローブ姿のまま家に帰る度胸があるにせよ、イェイト・ミーケムが第六感でまっすぐリチャードのもとに行ったという事実は無視できなかった。予定どおり、ハワードと一緒に一週間出かけることもできるかもしれないけれど……。ああ、ハワード……。タリーはハワードのことをきっぱり頭から締め出した。彼のことを考えても、考えはまとまらない。でもなんとか連絡をつけて、一緒に出かけられなくなったと伝えなければ。タリーはこみあげてくるすすり泣きを抑え、もっと差し迫った問題に意識を集中した。

なんとか逃げられたとしても、いずれイェイト・ミーケムが現れるのではないかと絶えずおびえて暮らすことになる。それならリチャードともども引っ越すのはどうだろう？　しかし、その考えも捨てざるをえなかった。イェイトがここに戻ったときに私の姿がなかったら、彼が取る道は一つしかない。すぐリチャードのところに取って返すに決まっている。おそらくイェイトは、リチャードが電話の相手を〝タリー〟と呼ぶのを聞いたに違いない。タルーラとタリー。だめよ、アパートメントには戻れない。もしここから逃げてハワードとスコットランドに行ったとしても、アパートメントに戻ってきたらイェイトが待っていそうな気がする。私の留守中に、イェイトがしびれを切らしてリチャードを責めたら、きっと兄は精神的にまいってしまう。

イェイトが戻ったとき、タリーはぼんやり宙を見つめていた。鍵がまわる音を聞いたときには飛びあがったが、ドアが閉まったあとはもう落ち着いていた。黒いスラックスが見えるので彼が目の前に立ったのはわかったが、話をする気にはなれなかった。

「すねているのか、タリー？」

タリーはがっくりと肩を落とした。やっぱりタルーラとタリーを結びつけたのね。もっとも、そうならないのを望むほうが無理というものだけれど。

「君は賢明な女性だな」

どういう意味だろう？　タリーは思わず顔を上げた。「賢明って？」

「もしかしたら急いで逃げようとするかもしれないと思ったんだよ。その場合は必ずさがし出すと言ってあったから、とても愚かな行為だよ。そうだろう？」イェイトはいったん言葉を切り、それからつけ加えた。「ミス・ヴィカリー」

タリーはまたうつむいたが、もう遅かった。名字を知られたことへの不安から、目を見開いたことはばれていた。

「兄に電話して警告したのは、実に思慮深い行為だった。きっと彼も感謝していると思う」

皮肉たっぷりの冷たい声だった。タリーはそれがいやでたまらず、膝の上で両手をきつく握りしめた。

「リチャードはなんの関係もないわ……今夜、私がしたことには」タリーはきっぱりと言った。

「関係ない？」

「そうよ」

「だったら、こういうことかな。君は兄の引き出しかどこかから鍵を取り、休暇のための現金をもう少し手に入れようとした……」ああ、なんてことなの。リチャードは私の休暇の話をしたのね。ほかになにを言ったのかもわかればいいのに。「そして兄の力を借りることなく、ただ暗くなるのを待ってあんな汚らわしいことをしに行った」

「ええ」タリーの声は前ほど毅然《きぜん》としてはいなかった。イェイトの声にはまた厳しさがにじんでいる。けれども次の瞬間、思いもよらない激しい反抗心がわきあがり、タリーは顔を上げた。「そして、もう少しで成功するところだった。あと三分あれば、すべて終わっていたわ」

「とんでもない。たとえセキュリティ装置がなかったとしても、あんな素人っぽい手際の悪いやり方じゃ、建物じゅうに物音が響いてしまう」

音をたてたつもりはないのに。思い出せるのは、ビニール袋を落としたときの音だけ。しかし、今はそれよりもっとおそろしいものがあったとわかる。

「セキュリティ装置？　どんな装置なの？」

「それを教えると思うかい、自称泥棒さん？」

「まさか隠しカメラじゃないわよね？」タリーは気を失いそうになった。おののきながらイェイトの返事を待つ。やはり答えてもらえないと思った瞬間、イェイトがあざけるような笑い声をあげた。

「ずいぶんおとなしくなったじゃないか、ミス・ヴィカリー？　パニック状態というわけか。だとしたら、僕が君の写真を撮ったことを忘れているな。君は自分が思うほどには賢くないのかな？」

安堵が胸いっぱいに広がり、イェイトのばかにしたような口調も気にならなかった。けれどそのうちまた反抗心が燃えあがり、タリーに力を与えた。

「つまり、私があそこにいたことを証明するのは、あなたの言葉だけというわけね？」

「どうやらボブのことを忘れているようだな」

「あの人には私を見分けられないわ」

タリーはふいに勢いづいた。どうして今までこの方向から攻撃しなかったのだろう？　私があそこにいた証拠は一つもない。お金が最初はビニール袋に入っていなかったことなんて誰にもわかるわけがないし、とにかくなにも盗まれていないのだから、私に不利になるようなことはいっさいないはずよ。

「そういうわけだから、あなたさえかまわなければ私は家に帰らせてもらうわ」タリーはイェイトを見つめ、そしてすぐに後悔した。なにもおもしろいことは言っていないのに、イェイトは必死に笑いをこらえているような顔をしている。

タリーは胸をどきどきさせ、ドアの前まで行った。なんだ、簡単じゃない。私は勝ったのよ。でもドアの取っ手に手をかけたとき、イェイトがある言葉を口にし、タリーは凍りついたように動きをとめた。

「なんですって？」

「指紋、と言ったのさ」イェイトの顔にはあざけるような微笑が浮かんでいた。「不法侵入は初めてだ、と言っていたね。それは本当だと思う。君は手袋をはめるべきだったよ、ミス・ヴィカリー。たまたま兄を訪ねて会社に来たことがあるという可能性は否定できないが、訪問者は会計主任のオフィスには入れない。つまり、どう考えても金庫の内側に君の指紋がつくはずはないんだ。たしか僕が明かりをつけたとき、君は金庫の内側に片手をあてていたんじゃなかったかな」

ドアから離れて部屋の中に戻れ、と言われるまでもなかった。タリーは無意識のうちに足を動かし、ほんの数分前に立ちあがった椅子に戻った。

「僕が問題の元凶みたいな目をするのはやめろ。犯罪は割に合わないと、君は誰からも教わらなかったのか？　言い換えれば、罪を犯した者はつぐないをしなければならないということだ」

またその話だ！　ああ、まさか本気じゃないわよね。週末だけの愛人になれだなんて。

「さてと、君はどうだか知らないけどね、タリー・ヴィカリー、僕はもうベッドに入りたいんだ」

タリーはさっとイェイトを見た。険しい表情は消えているものの、彼女の不安は少しもおさまらなかった。この人は私を誘惑しているの?

「私は……私は疲れていないわ」

「明日になれば、君の不眠症を治療しようという気にもなるかもしれないが……」イェイトは寝室に向かって歩きはじめた。「今夜は眠ることにするよ。夜明けまであと数時間しかない」

信じがたいことだが、彼にタリーをどうこうする気はないらしい。少なくとも今夜は。ドアが閉まり、あたりが静まり返った。タリーは長い間――といっても、実際はせいぜい三十分だろうが――じっと待ち、それでもなんの物音も聞こえないのを確認すると、ようやく緊張を解いた。ただ、完全に気を抜くわけにはいかない。電話をしてもかまわない時刻になったら、すぐにハワードに連絡しなければ。

そろそろ七時になるかと思えるころ、タリーは受話器を取りあげた。寝室にある電話に物音が伝わり、イェイト・ミーケムが目を覚ましませんようにと祈る。まずは電話で時報を聞いた。ハワードが起き抜けに機嫌が悪いタイプかどうかはわからないが、今はあらゆることに気を配らなければ。〝午前六時三十分ちょうどをお知らせします〟タリーは受話器を戻し、ごくりと唾をのみこんだ。嘘をつきたくはないけれど、本当のことを言ったところでわかってはもらえない。それでもなにか言わなければならなかった。もしハワードが予定どおりにアパートメントに来れば、昨夜タリーが彼のところに泊まったのではないことがリチャードにばれてしまう。

タリーは深呼吸をして、ふたたび受話器を取りあげた。なんとかして週末を乗り切らなければ。ハワードとの旅行を抜きにしても、問題はありあまるほどあった。なにを話すかはすでに決まっている。あとはハワードが信じてくれることを祈るだけだ。

4

電話の呼び出し音はしばらく続いた。きっとハワードはまだ寝ているに違いない。呼び出し音がやみ、彼の声が聞こえてくると、タリーは心臓が締めつけられた。ハワードは少しいらだっているようだった。やはり起き抜けは機嫌が悪いのかもしれない。しかし、かちりというかすかな音がたしかに聞こえたとき、不安は二の次になった。神経をとがらせていたタリーは、イェイトが寝室の電話をとったものと思いこみ、一瞬声が出せなくなった。ハワードが不機嫌な声で〝どなたですか?〟ときく。このままでは切られるかもしれないと思って、タリーは寝室にいる男性のことを忘れた。

「ハワード、私よ、タリー」

「どうしたんだ? 八時には迎えに行くのに」

「ごめんなさい、ハワード、私……だめなの」

「だめ? なにがだめなんだ?」

「あなたと一緒に休暇旅行には行けないの。ほら、前に私の仕事のことを少し話したでしょう。必要がある場合は休暇を取り消すという規則があると」少なくとも一部は嘘《うそ》ではない。「実はゆうべ遅くに連絡があったの。ちょっとした緊急事態が持ちあがったと。それで……休暇が取り消されたのよ」

「取り消し? そんなのありえないよ。両親が待ってるんだ。なにもかも手配ずみなのに!」

「ごめんなさい。でも、どうしようもないの」

「まったくひどい話だな。どうしてゆうべ、電話しなかった? それが礼儀ってものじゃないか」

「電話したかったわ。でも、もう遅い時間だったし、あなたは夜更かしはしないと聞いていたから」

その点に関してはハワードも反論しなかった。

「まったくひどい話だ」もう一度繰り返す。「君の仕事はそんなに重要ってわけでもないのに。いたっていなくたって、たいした差はないだろう？」

タリーは傷ついた。たしかに彼女の仕事はそれほど重要なわけではない。でも能力は誇れるし、もうすぐ昇進だってする。まさかハワードがそんなふうに考えていたなんて夢にも思わなかった。

「ごめんなさい」

「それにしたって……」

「私にはどうしようもないの、ハワード。それに、詳しい話をするわけにもいかなくて……」

「君が国家機密を知っているとは思えないけどね」

ハワードはタリーの言葉をさえぎった。「君の仕事に機密情報の取扱許可が下りているとしても」

このままでは口論になってしまう。しかし、ここでいらだつわけにはいかなかった。「ごめんなさい。ご両親に謝っておいてくれる？ それとも、私が手紙を書きましょうか？」

「書かなくていい」ハワードはぴしゃりと言った。

別のときなら、タリーもハワードをやさしくなだめただろう。でも今は仕事のことをあんなふうに言われたうえに疲れているせいもあり、精神的にかなりまいっていた。「あなたが休暇から戻ったら、また会いましょう」

「たぶんね」ハワードが言った。その口調に、タリーは初めて疑いを抱いた。この人は口で言うほど私を愛していないのでは？ 少なくとも、今のハワードは自尊心だけにとらわれている。

「わかったわ。じゃあね、ハワード」

受話器を置き、長椅子までふらふらと歩いた。ハワードは話を疑いこそしなかったものの、タリーが期待したようには納得してくれなかった。ああ、もう疲れ切ってしまった！ タリーは長椅子に座りこんだ。眠るつもりはない。こんなに頭が混乱していて、眠れるとはとても思えなかった。しかし実際には、ほんの数分のうちにまぶたが重くなってきた。もっと楽な姿勢をとろうと長椅子に足を上げてから五分後、タリーはぐっすり眠りこんでいた。

　イェイトはそっと寝室を出た。客の女性が眠っているのはすぐわかったが、しばらくそのまま見つめていた。豊かな褐色の髪は波打つように流れ落ち、まつげは濃く、本物とは思えないほど長い。しかつめらしい寝顔をしていても、本来の美しさは損なわれていなかった。こけた頬。繊細な鼻筋。ふっくらした魅惑的な口元。イェイトは来たときと同じように、静かにタリーのそばを離れた。

　鼻をぴくりと動かして、タリーは両目を開いた。一瞬幸せな気分だったが、すぐにここがどこかを思い出す。リチャード、ハワード、イェイト・ミーケム……。タリーは体を起こし、眠っている間に毛布をかけられていたことに驚いてバスローブをまだ着ているかどうか確かめた。あれからどのくらいたったの？　ベーコンのにおいが漂ってきて、ここには一人でいるのではないとあらためて意識する。イェイトがキッチンで朝食を作っていた。

　服が欲しい、思いきってお風呂にも入りたいと思ったとき、物音が聞こえ、タリーははっと顔を上げた。イェイトがドアのそばに立っている。ひげは剃《そ》ったばかりで、このうえなく自信たっぷりな顔をし、とても大きくて男らしい。昨夜言われたことがふいに脳裏によみがえり、タリーの頬は真っ赤に染まった。しかし、イェイトは気づかないふりをしている。

「腹はすいているか？」

「いいえ」タリーは答えた。しかし彼がこちらを見つめ、それで終わりかと言いたげな顔をしているので、話を続ける気はないのにいつの間にかまた口を開いていた。「なにも食べられそうにないの」

イェイトがタリーの近くまでやってきた。「風呂に入って着替えれば、たぶん食欲も出る」イェイトの声を聞き、タリーははっと胸をつかれた。厳しい声にはやさしさもにじんでいて、不本意ながらも後悔しているように感じられる。けれど、そんな考えはすぐに捨てた。この人が後悔なんてするわけがない。きっと今のは気のせいよ。

「たぶんね」タリーは冷ややかに答えた。「でも、まずはなにか着るものが欲しいわ。たしか、私の服はダストシュートにほうりこまれたのよね?」

「君の服なら寝室にある」

「捨てたんじゃなかったの?」

「セーターとパンツと靴はね。だが、君の休暇用のスーツケースとハンドバッグが寝室に置いてある」

「休暇用のスーツケースですって?」

「君がアパートメントの居間に置いておいたスーツケースだ」

わざわざ言われなくてもわかっていた。ハワードと出かけるのが楽しみでならず、タリーは休暇用の荷造りをかなり早めに終わらせていた。昨夜はスーツケースを長椅子の後ろに置き、あとはハワードの迎えを待つだけにしておいた。

「僕が帰ろうとしたら、君の兄がスーツケースについて言っていたよ、君はボーイフレンドのところに泊まっているとね」最後の部分が少し強調されてはいなかっただろうか? まるでタリーがしょっちゅうハワードの家に泊まっている、と思っているかのように。「君はそのうちまたスーツケースのことで電話をかけてくるだろう、と彼は言っていた。そこで僕は君のボーイフレンドの住所を聞き出し、今朝の七時くらいにそのあたりを通るから、ついでに荷物を届けようと言ったんだ」

見事な手際だった。これでもうリチャードは、いったいなにが起こっているのかと、いぶかることもないだろう。同時に、タリーが着るものもできた。イェイトに感謝する気持ちにはなれないものの、自分の服を着ればもっと気分が普通になるかもしれないとタリーは思った。

「今日一日ずっとそうしているつもりでないなら、まず風呂に入って着替えたらどうだ？」

タリーは立ちあがった。入浴と着替えにはとても心をそそられるし、着替えろと言われたことからして、とりあえず夜までは、あのひどい脅しを実行する気はないのだろう。けれど、どこまでイェイトを信用していいのかわからず、歩き出せなかった。

「どうかしたのか？」

「あ、あなた、入ってきたりしないわよね？　つまり、その……私がお風呂に入っている最中に」

イェイトはしばらくじっとタリーを見つめていたが、やがて辛辣《しんらつ》に答えた。「いや、入らない」それから口調をやわらげ、皮肉っぽくつけ加える。「君が背中を流してもらいたいなら、話は別だがね」

タリーは黙って彼から離れた。寝室のドアを開けると、すぐにスーツケースが目に入った。荷造りを終えた木曜の夜が、一年も前のように思える。あのときはあんなに幸せだったのに。ハワードが休暇から戻ったとき、私を許してくれていますようにと、タリーは心の底から祈った。

スーツケースから下着、新品のジーンズ、白いセーターを取り出した。バスルームのドアには錠がついていたので多少安心できたが、もしイェイトが前言をひるがえしたくなったら、肩でドアを破ることなど簡単にできるだろう。

タリーは洗面所を使ったあと、熱いお湯にたっぷりとつかる心地よさを楽しんだ。浴槽は泳げるほど広い。きっとイェイトの体に合う大きさなのだろうと思ったが、すぐに気持ちを切り換えた。彼のことは考えないようにしよう。今夜、あの巨大なベッドに入らずにいるにはどうすればいいのか、その方法を考えることだけに全力を注がなければ。

タリーは入浴に時間をかけすぎていた。イェイトがドアを破って入ってくるかも。タリーはふいにパニックに陥り、急いで浴槽から出た。ジーンズをはきながら、しみじみ思う。すごいわ、服を着るだけでこんなに心が落ち着くなんて。無用な気を引いても困るので、化粧はしないことにした。バスルームを出ると髪をとかし、ゴムで二つに結んだ。これならセクシーなところなんてどこにもないわ、とタリーは満足した。体はすらりと細く、まるで少年のようだし、胸は平均的だけれど、ゆったりしたセーターのおかげで特にめだっていない。これ以上ぐずぐずしてはまずい。タリーは寝室のドアを開けた。

イェイト・ミーケムはすでに朝食を食べおえたらしく、安楽椅子に深々と座って朝刊を読んでいた。

タリーが居間に入っていくと新聞を下ろし、立ちあがってゆっくりと彼女の全身を眺めた。タリーは若く、傷つきやすく、どこまでも清純そうに見えた。そしてなぜ彼が怒ったように唇を結んでいるのか、わからずにいた。

「君はいくつだ？」

「二十二よ」タリーは思わず答えてしまった。

「そうは見えないな。どうしてそんなおかしな髪型をしている？」

タリーは〝気に入らないのね。あなたのために特別にこんなふうにしたのに〟と言おうとした。だがそれではあまりに挑発的すぎると気づき、〝土曜日はいつもこうしているの〟と嘘をついた。イェイトの目から険しさが消え、唇の両端が上がりかける。私の答えをおもしろがっているんだわ。タリーは驚いたが、イェイトの唇はすぐまたきつく結ばれた。

「今度は腹がすいているかな？」

本当は飢え死にしそうだけれど、わざわざそれを知らせて彼を喜ばせるつもりはない。「トースト一枚なら食べられそうよ。勝手にもらってもいい？」

「どうぞ、ご自由に」

タリーはそそくさとイェイトから離れた。彼との敵対関係を崩してはならない。良心に訴えても無駄なのはわかりきっているし、それにイェイトが本気なら、いずれ全面的な闘いが始まるだろう。

トーストをおなかにおさめると気分がよくなった。コーヒーをついでいたらつい〝あなたも飲む？〟ときききたくなったが、その衝動をすぐに抑えこんだ。一歩たりとも歩み寄るつもりはないのだから。しかし、コーヒーをひと口飲んで満足そうに顔を上げると、胃が引っくり返りそうになった。イェイトがいつの間にか、ドア口をふさぐように立っている。

「どうしてここには時計が一つも置いてないの？」

「好きじゃないからだ。腕時計が一つあれば、じゅうぶん用は足りる」

「じゃあ、申し訳ないけど、腕時計を見て何時か教えてもらえる？」

タリーの口調を聞き、イェイトが目を細くした。どうやら気をつけたほうがよさそうだ。イェイトがこちらに近づいてくる。タリーは喉につまった不安をごくりとのみくだした。

「十一時だ」イェイトは告げ、思ったよりずっと時間がたっていたことをタリーがまだ完全にのみこめずにいるうちに、さらに言った。「生意気なままでいるがいい、タリー。そうすれば君の予想どおり、引っぱたいてやるから」

「でしょうね。あなたは私を殴りたくてしかたないんだもの。そうでしょう？」

「僕が考えていたのは、殴ることじゃなかったけどね」イェイトは意味ありげに言い、タリーの腕をつかんで椅子から立ちあがらせた。「君をおとなしくさせるには、もっといい方法があると思うんだ」

タリーは必死にもがき、自由になろうとした。イェイトの顔はとても近くにあり、まつげが髪より濃い色をしていることがわかった。彼は夜まで待たずに私を襲うつもりなの？　タリーは体をこわばらせ、目を見開いた。その恐怖心をイェイトも読み取ったに違いない。不快げな表情を浮かべ、乱暴にタリーを押し戻してくるりと背を向けた。

「いい子にしているんだ。さもないと、報いを受ける瞬間が予想より早くくることになる」

タリーはとてもためになる教訓を学んだ。イェイト・ミーケムは生意気な態度を決して許さない。わかったことはほかにもあった。イェイトは自信家で、望めばいつでもタリーを奪えるが、どうやら計画があってそのとおりに動こうとしているらしい。タリーがキッチンで座っていると、しばらくしてイェイトが戻ってきた。

「やけに時間が気になるようだから、これを持っているといい」イェイトはテーブルの向こうから男物の腕時計をよこした。

「あなたは困らないの？」

「それはスペアの時計だ」

たしかに、彼の手首には金色の高級腕時計がはまっている。「ありがとう」タリーは大きすぎる腕時計を手首にはめ、その上に袖《そで》を下ろした。

二人の間には重苦しい沈黙が下りている。それでも、自分から口をきくつもりはなかった。イェイトはなにを考えているのだろう？　そのとき刺すような青い瞳がふいにこちらを向き、タリーは全身が熱くなった。ああ、今度はなんなの？

「スーツケースの中にパーティドレスのようなものはあるか？」

パーティドレス？「どうして？」

イェイトは長いため息をついた。「もし持っていないなら、買いに行かないといけないからだよ」

タリーは興味を覚えた。どうしてパーティドレスが必要なの？　きこうとしたけれど、イェイトの顔をひと目見て、やめておくことにした。

「一枚あるけど」いったんはそう答えたものの、そのうち好奇心が警戒心をうわまわった。「どうして……どうしてパーティドレスが必要なの？」

「君はとても頭がいいと思っていたんだがね。パーティドレスというのは、普通パーティに行くときに着るものじゃないのか？」

「私、パーティに行くの？」

「正確には、僕たちがパーティに行くんだよ」

「私を連れていって、あなたの友達に会わせるつもりなの？」とても信じられなかった。どう考えても話がおかしい。ロンドンに来る前はタリーもイェイトと同じような階層に属していたので、パーティ自体はそれほど苦にならなかった。けれどイェイトはタリーを泥棒だと思っているのだから、彼女をパーティに連れていくはずがないのでは？

「君が会うのは僕の家族だ」衝撃的な言葉を聞き、タリーは呆然《ぼうぜん》とした。「ここに戻ってきたとき、君の持ち物や体を調べるはめになるのは困る。だから向こうにいる間になにかをくすねようなんて気を少しでも持っているなら、考え直すことだ。いいか、二度目の忠告はないからな」

今度はすぐ警察を呼ぶという意味だろうが、侮辱的な言葉も口調も今は気にならなかった。外に出かけてほかの人々に会う。それならイェイトと二人きりでいなくてすむし、もしかしたら助けを求めるチャンスだってあるかもしれない。ただ、どうすればうまくいくかがよくわからなかった。

「この部屋を離れるのがうれしいみたいだな。それとも、君が離れたいのは僕からかな？」

「女の子は誰でもパーティが好きなものよ。どっちにしても、私はあなたから離れられない。そうでしょう？　指紋が金庫に残っている限り」

「やっぱり君は頭がいいな。思ったとおりだ」イェイトは言い、それからまた話を戻した。「まずはここで昼食をとって、三時くらいに出発しよう」

「三時？　あの……どのくらい遠くまで行くの？」

「実家はここから車で一時間ほどのところだ。着いてから着替える時間はたっぷりあるよ」

「まあ。それじゃ、小さなバッグがいるわ」

「君のスーツケースを持っていけばいい。週末はずっと向こうにいる予定だから」

「週末ずっと？」

「もしかしたら、もっと長くなるかもしれない」実際は長くならないだろう、とタリーは悟った。彼はただ私を怖がらせて楽しんでいるだけだ。「戻らないといけない理由は特にないだろう？　妹は一週間留守にする、と君の兄は思っているんだし」

「でも、兄は私がハワードと一緒に出かけていると思っているのに」タリーは噛《か》みつくように言った。

「いとしのタリー・ヴィカリー、僕が君のしたことを警察に届けたら、休暇は一週間じゃすまなくなるんだよ。それに君が入れられるところでは、大事なハワードをベッドに呼びたくても、たぶん許可してもらえないんじゃないかな」

もうすぐこのアパートメントを出られるという興奮は、無残についえた。「もう罰はじゅうぶんだと思わないの？　週末を一緒に過ごせとあなたが無理強いしたせいで、私が愛する男性と結婚できる可能性は、どんどん遠ざかっているのよ」

「君は婚約しているのか？」

「そ、そうじゃないけど……。でも私がハワードに一緒に出かけられないと言うまでは、彼は私を愛してくれていたわ。まあ！」イェイトは今朝の電話のことを知らない、とタリーはふいに思い出した。

「君が朝一番で彼に電話したことなら知っている」

「どうやって……」

「聞いていたんだよ――君の電話を。兄にかけたのも、ハワードにかけたのも。正直言って、二番目の電話のほうがはるかにおもしろかった。君がボーイフレンドに連絡をとるのは予想していた。とにかくなにか伝えなければ、今朝君のアパートメントに電話がかかってきたはずだから。それでは都合が悪かったんだろう?」そう、すべてを知っているというわけね。タリーは反抗心に駆られ、得意げな顔を殴ってやりたい気持ちを必死で抑えこんだ。「君が休暇の予定を取り消したくらいで消えてしまうほど彼の愛がお粗末なら、僕が間違っていたんだな。そんなものに価値があると思うなんて。ところで、君の言い訳は見事だった。もっとも、どうやって機密情報の取扱許可を取ったのかはよくわからないが」

「私の評判は一度も傷ついたことがないの」タリーは言ったが、イェイトは信じられないという顔をしてキッチンを出ていった。彼女は、八方ふさがりに陥ったことを悟った。

昼食をとる間、二人はほとんど無言だった。食事は飢えを満たしてくれたものの、缶詰のポテト、ステーキ、トマト、冷凍の豆といった、料理の才能をまったく必要としないメニューだった。言葉はほとんどひと言も交わされず、イェイトはもの思いにふけっているようで、どうやらあまり好ましくない事柄について考えているようだった。もしかしたら私に関係することかしら、とタリーは思い、どうかそうではありませんようにと願った。

タリーが食器を洗いはじめると、驚いたことにイェイトがふきんを手にとった。「私がするのに」タリーはなにげなく言ったが、すぐはっとして唇を結んだ。自分からは話しかけないことを、もう忘れてしまったなんて。イェイトは、タリーがなにも言わなかったかのように食器をふきつづけた。こうして家事の分担をするくらい、彼はリラックスしている。それなら、解放してほしいと訴えるチャンスもあるのでは？　ただ、かなり機転をきかせなければならない。あからさまに頼めば、きっぱりノーと言われるだけだ。とはいえ、イエイトは私を心底嫌っているのだから、脅しどおりのことをしようとしても、たいした満足は得られないだろう。

「あなたのご家族は、私が来るとは思っていないんでしょう？」

「どうしてそう思うんだ？」

「それは……予想できるわけがないからよ。そうでしょう？　あなたはゆうべまで私に会ったこともなかったんだもの。ご家族は少し変に思うんじゃないかしら？　聞いたこともない女がいきなり家にやってくるなんて」

「僕ならそうは思わない」

「でも……ご家族は私をいやがると……」

「もうやめろ。もがきたければ、好きなだけもがけばいい。ただし、これだけは間違えるな。僕が連れていくと決めた以上、君は一緒に行くんだ」

　タリーは負けを悟り、絶望がふくらんでいくのを感じた。それでも、その気持ちをイエイトに悟らせるつもりはなかった。「よくわかったわ。あなたと一緒に行く。私にはほかに選択肢がないみたいだから。でも、一つだけ言っておくわ。ご家族は絶対に気づくはずよ、私があなたを嫌い、憎み、いやでいやでたまらずにいることに！」

　言いたいことを言ったのに、当初の意図どおりにキッチンから居間に飛び出すことはできなかった。イエイトのそばを急いで通り過ぎようとすると、彼のがっしりした体がいつの間にか目の前にあった。両腕をつかまれ、足が床から浮くほどに強く引き寄せられる。

「向こうに着いて、ひと言でもおかしなことを言ってみろ。君と君の大事な兄はすぐに刑務所行きだ！」タリーの反抗心はまたたく間に消え去った。イェイトは怒りに燃え、タリーを真っ二つに引き裂かんばかりだった。「僕たちは一緒に行って、僕の弟の婚約を祝う。せっかくの祝いの席をだいなしにするような言葉をちょっとでももらしてみろ、きっと後悔するぞ！」

じゃあ、パーティというのは家族のパーティなのね、とタリーは思った。なぜ自分がそんな祝いの席に参加するのかわからないけれど、イェイトの顔つきが怖くて論理的にものを考えられない。わかっているのはただ一つ、リチャードはまだ危機を脱していないということだけだ。

「わかったか？」

「ええ」

「よし」イェイトは乱暴にタリーを放した。「僕はイェイトだ。そう呼ぶんだぞ」

「ええ……わ、わかったわ」

それでも次の瞬間、彼の顔からはまるで嘘のように怒りが消え去っていた。「僕はなんてことを。だが、君は本当に僕をいらだたせる」ぼそりとつぶやく。タリーを手荒に扱ったことを後悔しているかのようだった。「怪我《けが》はないか？」

タリーは腕の麻痺《まひ》は消えかけていたが、今度は頭がぼんやりしてきた。癇癪《かんしゃく》がおさまった今、イェイトはタリーに乱暴したことを気にかけている。

「そんなこと、どうでもいいんじゃないの？」タリーはかすれた声で言い、タイル張りの床に視線を落とした。しかし次に口を開いたとき、イェイトの声はいつもどおりだった。

「もう着替えたほうがいい。それと頼むから、そのゴムははずしてくれ。そんな髪型をしていたら、きっとうちの家族は、僕が君を学校の教室からさらってきたと思う」

こういう彼になら、なんとか対処できる。

「いつものあなたの連れは、私よりはるかに洗練された女性なんでしょうね。ご家族はそれに慣れていらっしゃるんじゃないの？」

「だったら、君にはこう言っておくよ、タリー。君はいつまでもしゃがみこんだままではいない」まるで答えになっていなかったが、いずれにせよタリーにはわかっていることがあった。イェイトのつき合ってきた女性はみんなすらりとしてスタイルがよく、喜んで彼とベッドをともにしたのだろう。

黒のパンツスーツを選んだのは、純粋に反抗心からだった。黒いセーターを合わせて完全な喪装にできないのが残念だわ、とタリーは思った。いずれにしても、ジャケットの下にセーターを着るのは暑すぎる。アイメイクを施して口紅をぬったら、全身が華やいだ雰囲気になり、これならイェイト・ミーケムの家族に会っても問題ないくらい洗練されて見えるだろうという気がしてくる。

居間に戻ると、イェイトがタリーの全身を眺めまわし、髪にもちらりと目を向けた。彼がいやがったゴムははずしてあり、今は輝くばかりの髪が肩にかかっている。「これでいい？」

質問に答える前に、イェイトはこちらに近づいてきた。「いいよ」短く答える声は静かで、険しさはなかった。そして、思いも寄らないことが起こった。イェイトが頭を傾け、タリーの唇にキスするという完全な不意打ちを食わせたのだ。この人にこんなやさしさがあったのだろうかと思うほど、やさしい口づけだった。イェイトは体を起こし、タリーの顔に浮かぶ、信じられないという表情を楽しんでいたようだが、やがて言った。「君のスーツケースを取ってこよう。そろそろ出発しないと」

5

会話は必要なかった。タリーはイェイトの囚人。イェイトはそう思っているし、タリーもそれを受け入れるしかなかった。彼女自身のためだけを考えるなら脱走を試みたかもしれないが、あいにく気にかけなければならないのは自分だけではなかった。

イェイトは運転がうまく、車はすんなりロンドンを離れた。行き先はどこなのかききたかったが、アパートメントでキスされて以来、イェイトとは口をきいていなかった。私を黙らせるにはキスがいちばん有効のようね。タリーの口元に苦笑が浮かんだ。

あのキスはなんだったのだろう？　もしタリーがイェイトにキスされると考えたなら、本人そっくりの荒っぽいキスを想像したに違いない。でも、実際はそうではなかった。タリーを腕に抱くことさえなく、ただ身を乗り出してそっと唇を重ねただけ。まるで〝手荒なことをしてすまなかった〟と言っているかのように。もちろん、イェイトがすまないと思っているわけはない。それでも、タリーがキスで動揺したという事実は変わらなかった。

「なにがおかしい？」

どうやら、イェイトはこちらをうかがっていたらしい。しかし、タリーは気づいていなかった。そのことにも、自分がほほえんでいたことにも。

「いいえ。緊張で頭がぼんやりしているのよ」

「それはないな。君のようなタイプはとてもタフなはずだから」

「それはどうも」タリーは甘い声で言った。

「礼には及ばない」

この週末、きっと思い知らせてやるからと、タリーは心に誓った。いったん口を開いたおかげで、知りたかったことがききやすくなった。

「今どこに向かっているのか、教えてもらえる？」

「オックスフォード郊外の村だよ」

「弟さんがいると言ったわね。ほかに会う人は？」

「弟のバートの婚約者のジャッキーと、母だ」

三人ね。それなら、そう悪くないかもしれない。

「私を見て、あまり驚かなければいいんだけど」

「さぐりを入れているのか？」

「まさか。本当にご家族が驚くと思っただけよ。私はあなたがいつも連れていくタイプとは違うでしょうし、ご家族は私が来るとは思っていないし」

「僕がどんなタイプの女性を家に連れていくのか、君は知らない。だったら、推測は的はずれということもありうる。それとあとのほうだが、今朝君が眠っている間に母には電話しておいた」

イェイトはタリーの気持ちを楽にしようとしたのかもしれないが、彼女はひどく動揺した。頭に浮かんだのは、イェイトが彼女を週末限りの愛人にしようとしているということだけだった。

「お母さまは私にも部屋を用意してくださるの？」

イェイトが笑うことはなかば予想していた。驚いたのは、彼の心からの笑い声が耳に心地よかったことだ。ただ、それもつかの間で、彼はまた厳しい口調で言った。「なんだって君に部屋を用意しなければならないんだ？　誰が見ても僕の愛人としか思えないのに。君は僕と同じ部屋を使うんだよ」

ミーケム家の屋敷である〝ザ・グレインジ〟が見えてくると、タリーはすぐに今までの考えを訂正した。かつての彼女の社会階層が、イェイトと同じレベルだなんてとんでもない。とても広いと思っていた我が家の〝ウエストオーバー・ライズ〟も、ここはまるで比べものにならなかった。長い私道の両側に広がる芝生は、どこまでも続いているように見える。私も昔は裕福な暮らしをしていたと思っていたけれど、イェイト・ミーケムやその家族は桁違《けたちが》いの大金持ちなんだわ。

イェイトが玄関先に車をとめたとき、タリーはその場を動きたくなくなっていた。いよいよだ。助手席側にまわってきたイェイトは渋っているタリーに気づいたらしく、あざけるような表情を浮かべた。

「君がはにかみ屋だなんて思ってもみなかったな」

そう言いながら、タリーの肘にそっと手をかける。しかし、タリーはだまされなかった。軽く触れたようによそおっているけれど、実のところはすぐ動かなければ、引きずり出す気でいるに違いない。

「あなたは私のことをなにもわかっていないわ」タリーはイェイトの手を振り払い、車から降りた。

「これからいろいろわかるんじゃないかな。なにせ週末いっぱい時間はあるんだし」

タリーは刺すような視線をイェイトに向け、彼を見ないようにして玄関前の階段をのぼった。〝ザ・グレインジ〟はとても古い建物だが、外観の修理は行き届いているし、屋内もとても美しかった。

そのとき、小柄で少々太めの女性が玄関ホールに現れた。二人を見たとたん輝くような笑みをぱっと浮かべ、急ぎ足で近づいてくる。

「会えてうれしいですよ、ミスター・イェイト」

「僕もだよ、イーヴィ」イェイトは女性の体に腕をまわし、軽く抱きしめた。まるで人が変わったようだと、タリーは目をまるくした。

「ほとんど一年ぶりかしらね」イーヴィという女性はもっとなにか言いたそうだったが、イェイトはタリーの方を向いて言った。

「こちらはイーヴィこと、ミセス・エヴァリー。昔からずっとうちの家族の面倒を見てくれている。イーヴィ、こちらはミス・タリー・ヴィカリー、僕の……友人だ」

「お目にかかれてうれしいわ」ミセス・エヴァリーはタリーにもほほえみかけた。「話はうかがっていますよ。ミスター・イエイトが若いレディを連れてくるって」

〝友人〟と言う前にイエイトが一瞬ためらったことをミセス・エヴァリーは聞き逃したようだったが、それでも彼女のほほえみはタリーのやるせない心を温めてくれた。タリーは無意識のうちに手を差し出し、家政婦と握手をしていた。

「こちらにうかがえて、私もうれしいです」とんでもない嘘《うそ》だった。しかし幸い、イェイトが口を開いたので、それ以上嘘を重ねる必要はなかった。ほかにも誰か家にいるのか、とイェイトはきいた。

「ミセス・ミーケムは客間におられます。ミスター・バートと婚約者の方は地所のどこかでしょう」

「じゃあ、母に挨拶《あいさつ》してくるよ」イェイトが言った。「お茶を用意してもらえるかな、イーヴィ。ミス・ヴィカリーがほしがっているだろうから。十五分くらいしたら二階でもらうよ」

ミセス・エヴァリーはお茶の用意をしに去っていった。とても軽い足取りだった。六十歳は過ぎているはずなのに、とタリーは思った。しかし、そのうちほかのことを考えはじめた。どうして私は勇気を出せなかったの？　イェイトの命令を取り消し、お茶は一階でほしいと言えなかったの？　でも、とタリーは自分をなぐさめた。さっそくイェイトから罰を受けるようなまねは、しないほうがいいだろう。

「こっちだ」

イェイトはタリーの腕を取って客間の前まで連れていくと、一瞬間を置いてからドアを開けた。

白髪の女性が長椅子から立ちあがり、うれしそうに声をあげて近づいてきた。「イェイト！」

イェイトはタリーのそばを離れ、愛情をこめて温かく母親に挨拶した。彼らしくない態度に、タリーはまたしても驚いた。「おまえがまたこの家にいるなんて、本当にうれしいわ」母親は涙を流していた。

イェイトが家に戻ったのはだいたい一年ぶりだ、と家政婦は言っていた。でも、ロンドンからここまでは車で一時間しか離れていないのに。なにか秘密がありそうだけれど、突きとめる時間はなかった。ミセス・ミーケムが両手を広げたからだ。

「それじゃあ、こちらがタリーね。来てくださってうれしいわ。イェイトったら、あなたのことをなにも話してくれなかったのよ。だから、うんとおしゃべりをしなくては。ああ、でも詮索《せんさく》はしないわ。だから、私を詮索好きだと思わないでね」

「もちろんです」タリーはひと目でこの女性が好きになった。ミセス・ミーケムは息子のイェイトにはない温かさにあふれている。たぶんイェイトが受け継ぐはずだったやさしさは、もう一人の息子のバートに行ってしまったのだろう。

「悪いけど、タリーを知るのはもう少しあとまで待ってもらわないといけないんだ」タリーが言葉につまり、イェイトが言った。ミセス・ミーケムのやさしさには応《こた》えたかった。けれどこの家での自分の立場がどれほど偽りに満ちているかを思い出すと、なにも言えなくなった。

「そうなの？」

「タリーはゆうべ、ほとんど寝ていないんだ。だから、今夜の祝いの席の最中に居眠りをしないためにも、夕食の時間まで休んだほうがいいと思うんだ」

タリーはぽかんと口を開けそうになった。事情を知らない人が聞いたら、イェイトが私を大切にしているみたいだ。ミセス・ミーケムの目の表情からして、彼女もそう考えている。タリーの不安はつのった。イェイトはなにをたくらんでいるのだろう？

「ゆうべは遅くまで起きていたの？」

「タリーが目を閉じたのは夜が明けてからだよ。それに、十一時にはうちのキッチンにいたからね」

「まあ。それじゃあ、とても疲れているわね」ミセス・ミーケムはタリーの方を向き、それからまた息子の方を向いた。「準備はできているわ。なにもかもおまえの言ったとおりに。イーヴィにお茶を運ばせましょうか？　二人とも飲みたいでしょう」

お茶はもう頼んだ、とイェイトが言った。タリーの胸にはさまざまな感情が駆けめぐっていた。一度も会ったことのない女性が息子と一緒に家に来ても、ミセス・ミーケムは当然のように受け入れている。二人が同じ部屋に泊まることにも眉一つ動かさず、そこで紅茶を飲むというイェイトの考えに賛成した。

タリーの頬は真っ赤に染まった。イェイトはタリーの表情に気づいたらしく、ミセス・ミーケムから見えないように向きを変えさせ、やわらかな声で言った。「おいで、タリー、ベッドに入るんだ」

そう言われても、タリーはなかなか客間から出られなかった。まるで悪夢だわ！　とはいえ、ミセス・ミーケムの第一印象からして、息子が家の客を昼間からベッドに連れていくのを認めるとは思えない。午後にベッドに入るなんて！　タリーはパニックに陥り、根が生えたように立ちつくしていた。イェイトの腕が腰にまわされる。力ずくで彼女をここから連れ出すつもりなのだろう。

「タリーはくたくたなんだ。僕はあとで下りてくるよ」

タリーは顔を上げ、ありったけの威厳をかき集めて歩き出した。ドアの外に出ると、イェイトは彼女の腰から腕を下ろした。もう二度と触られたくなくて、タリーはさっさと階段に向かった。

「そっちじゃない。僕たちの部屋は西棟にある」イェイトは廊下の反対側にタリーを連れていった。そこにはもう一つ別の狭い階段があった。

タリーはイェイトを見ることなく、階段をのぼりはじめた。もちろん、口をきくつもりもない。いつ始まってもおかしくない闘いに備えて、すべてのエネルギーを蓄えておかなければ。けれど、タリーは大変なショックを受けるはめになった。階段をのぼりきったイェイトがタリーの前に出て、たくさんのドアのうちの一つを開けたときのことだった。

そこは寝室ではなく、見事な調度品が調った居間だった。大きな長椅子が一つ、その前には低いテーブルがある。お茶のトレイはすでに運ばれていて、今までに見たことがないほど優美な磁器のカップが置かれていた。「まあ！」

「寝室は向こうだ」イェイトは部屋にあるもう一つのドアを指さし、それから冷ややかに言った。「お茶をついでくれるか？」

タリーは無言で長椅子に座った。自分がどんなに疲れているのか、イェイトに言われるまで気づかずにいたが、疲労感がどっと襲ってきていた。紅茶を一杯飲んで、元気を取り戻したかった。

「お砂糖は？」二つのカップに紅茶をついでから、タリーはきいた。最初は砂糖壺《つぼ》をイェイトの方に押しやろうかと思ったが、彼の礼儀正しい部分に訴えようとするなら、まずは自分が礼儀正しくふるまわなくてはと考え直したのだった。

「二つ頼む」イェイトはタリーの脇《わき》に腰を下ろし、とても満足そうだった。

紅茶をこぼさないよう気をつけながら、タリーはカップを手渡した。といっても、指は明らかに震えていたけれど。イェイトはずっとこちらを見ている。手遅れにならないうちに話し合わなければ。タリーはそわそわと咳《せき》ばらいをした。

「ミスター・ミーケム」イェイトが顔をしかめる。失敗だわ。まだ話しはじめてさえいないのに。「イ、イェイト、私は……その、あなたは本気でこんなことを最後までやり通すつもりじゃないでしょう？」

「こんなことってどんなことだい、タリー?」

「あ、愛人の件よ。わかっているでしょう?」

「つまり、最終段階——僕とベッドをともにすることに魅力を感じない、と言っているのかな?」

やっぱり私の第一印象は正しかったんだわ、とタリーは思った。この男は最低の卑劣漢よ。「なんて人なの。そんなこと、わかっているくせに!」

「だが、君は同意した。警察に届けないなら、僕のベッドのパートナーになる。そう承諾したんだよ」

「そんなの、承諾していないわ!」

「じゃあ、警察に連絡したほうがいいのかな。警察に捜査してもらって、君がどうやって兄の鍵《かぎ》を手に入れたかがわかるほうがいいのか?」

イェイトの声には厳しい響きが戻ってきていた。リチャードのことを言われたタリーは敗北の苦い味を覚え、ハワードと結婚するという望みには、きっぱりと別れを告げたほうがいいと悟った。


タリーは打ちひしがれた表情で顔を上げた。冷たく容赦ない目がじっとこちらを見返している。もうこれ以上は耐えられなかった。タリーは目を閉じた。

「だったら、今してほしいの……あなたがするつもりのことを」一語一語にあきらめがにじんでいた。

「できるだけ早く終わらせてしまいたいから」

タリーの心臓は故障したボートの船外機のような音をたてていた。イェイトが早く行動に出てくれなければ、完全にとまってしまいそうだった。今に彼の腕が私をとらえ、唇をふさがれる……。でもいつまでたってもイェイトは動かず、待つ苦しみに耐えかねてタリーは目を開けた。イェイトは長椅子の一角にもたれている。両手はタリーに近づくどころか、たくましい太腿の上にゆったりと置かれていた。そして次の瞬間、このうえなく腹立たしく、屈辱的なことに、口を開いて声をあげて笑い出した。

この人は笑っている! 私がどんな思いで身を差

し出したのかも知らず、だらしなく座って大声で笑っている。タリーは渾身《こんしん》の力をこめてイェイトの頬をぶち、続いてもう片方の頬もぶとうとした。

その手は頬をぶつ前につかまれたが、悪いことをしたとは少しも思わなかった。「今度は笑うのね！　あなたって人は……」タリーがずっと恐れていたことが起こったのはそのときだった。イェイトが目にもとまらぬ速さで動き、タリーは抱きあげられて彼におおいかぶさるかたちになった。

「そうこなくては。さあ、僕のいけにえの子羊……」イェイトが噛《か》みしめた歯の間から声をあげる。「これからだ」

ようやくわかった。タリーが従順に身を差し出している間は、イェイトは決して触れたくなかったのだろう。だが、気づくのが遅すぎた。イェイトの唇が容赦なくタリーの唇をふさぐ。彼は欲しいものを求めて闘うのが好きな男であり、狩りを楽しむ男。タリーが彼をぶったのをきっかけに、男性的な衝動が燃えあがったに違いない。

それがわかっても、タリーは全力を尽くして闘った。イェイトの唇は思うままに求めるものを奪っていく。こんなふうにキスされるのは初めてだった。このキスに比べれば、ハワードのキスはあまりに弱々しかった。ハワードのことがしだいに彼女の脳裏から薄れていき、イェイトの唇が喉のくぼみに移り、両手がジャケットのボタンをはずそうとしたとき、タリーはふたたび闘いはじめた。

「いや！」ジャケットを脱がされかけていると気づき、怒りは頂点に達した。「やめて！」もう一度叫び、乱れたジャケットをもとに戻そうとする。「だめよ」イェイトはタリーの両手をジャケットから押しのけ、ブラジャーのストラップを腕の方にすべらせた。「いや、イェイト、やめて！」

いくら懇願しても無駄だった。気がつくとタリーは長椅子の上に横たわり、イェイトが上から体を押しつけていた。イェイトはふたたび唇を重ね、タリーの唇を無理やり開かせた。

極度の疲労が恐怖を打ち負かしたのがいつだったのかはわからない。胸に触れられそうになってイェイトの手首をつかんだものの、その手にこもる力がどんどん弱くなった。イェイトが使っているのは本来の力の四分の一程度――タリーを押さえつけるのに必要なだけということは、心のどこかでなんとなくわかっていた。タリーはイェイトの手首を放し、自由になった彼の手がすぐにでも胸のふくらみに触れるだろうと覚悟した。しかし驚いたことに、そうはならなかった。タリーは目を見開いた。「お願い、やめて、イェイト」

信じがたかったけれど、イェイトが離れていくのが感じられた。目を下に向けると、レースのブラジャーは脱がされていないものの体のかなりの部分があらわになっていて、新たな恐怖がわきあがった。イェイトはタリーのブラジャーのストラップをもとに戻し、ジャケットも直して、無言のまま両腕で彼女を抱きあげた。

タリーは不安げにイェイトの目をのぞきこんだ。青い瞳には前より温かい光が宿っている。彼は長椅子から一歩離れた。「私をどこへ連れていくの？」

「君はベッドに入るんだ」イェイトは静かに言い、タリーがもがきはじめるとしっかり押さえこんだ。「疲れているから……眠るんだ……一人で」

まるで悪夢から目覚めたようだと思いながら、寝室のベッドに運ばれる間、タリーはイェイトの腕の中で体をこわばらせていた。

「僕がスーツを脱がしてもいいが、きっと君は僕の下心を疑うだろう。でも、僕がいなくなったらすぐに脱ぐんだ。いい子だから」イェイトは前にも一度したようにタリーの唇にそっと唇を重ね、それから出ていった。

私は正しいことをしているの？　イェイトは戻ってこない？　タリーにはわからなかったが、あまりに疲れきっていて気にしていられなかった。けだるげにスーツを脱ぎ、大きなダブルベッドにもぐりこむ。そして眠りに落ちた。

メイドの静かな呼びかけで、タリーは深い眠りから覚めた。はにかんだ若い娘はマリアンと名乗り、あと一時間で夕食だが、ミーケム家の人々は客間で食前酒を飲むので参加してほしいと告げた。

「私が荷ほどきをすれば、時間の節約になるだろうとミスター・イェイトがおっしゃっていました」

それには及ばないと断ろうとして、タリーは気づいた。たしかにイェイトの言うとおりかもしれない。一緒に食前酒を、という要望は実際は命令なのだし、パーティに出る支度をする間、彼には近くにいてほしくないのだから、ここは素直に言うことを聞いておくほうがよさそうだった。

「そうね、お願いしたいけど……時間はある？」

「はい、もちろん」

スーツケースをここに運び入れたのはマリアンかしら？　でも、もしかしたらイェイトだったかもしれない。眠っているところを見られたのかと思うといい気はしないが、思い返してみれば前にも一度そういうことがあった。イェイトのアパートメントで眠ってしまったとき、毛布をかけてくれた人は彼以外に考えられないのだから。あれも彼らしくない行動だと、タリーは思った。だがそのうち、実はイェイトのことをほとんど知らないという結論に思いいたった。イェイトはたいてい私に手厳しく、死ぬほどおびえさせることをなかば楽しんでいる。でも二度ほど、ひどく残酷な仕打ちをしたあとで、すまないと詫《わ》びるようにやさしくキスしてくれた。

タリーはイェイトのことを無理やり頭から追い払

い、ベッドを出た。幸い、明日が終わればもう二度と彼に会わずにすむ。そのときが待ち遠しくてたまらない！　タリーはローブをはおり、あたりを見まわした。調度品は古めかしいが、壁やカーテン、絨毯《じゅうたん》の感じからすると、まだ新しい部屋という印象を受ける。ただ最近改装したばかりにしては、塗料のにおいがまったくしなかった。

なんだかおかしいと、タリーは思った。つらく、たまらないときに、こんなささいなことが気にかかるなんて。イェイトに運ばれてきたときに通ったドアの反対側に、別のドアがあった。きっとバスルームだと思い、タリーは歩いていった。

たしかにそこはバスルームだったが、浴槽が使われた形跡はなかった。イェイトが着替えをすませて階下に下りたのなら、少し濡《ぬ》れているかと思ったのに。あの人、どこで着替えたのかしら？　いいえ、だめよ。彼のことを考えてはいけない。とにかく急がなくては。しかし、やはり考えずにいられなかった。あれだけ有利な立場にありながら、イェイトはなぜ私をベッドに下ろして部屋を出ていったの？

入浴で元気を取り戻して急いで寝室に戻ると、マリアンの姿はもうどこにも見あたらなかった。タリーは化粧台の前に座った。肌はきれいだから、パウダーを軽くつければいい。口紅も薄くして、つややかに波打つ髪はそのまま下ろした。さあ、次はドレスね。たった一枚しか持っていないパーティドレスをスーツケースに入れていたのは、もしかしたら婚約祝いがあるかもしれないと心ひそかに期待していたからだった。けれど、そのことをくよくよ考えている時間はない。自分の服の隣にはイェイトの服もかかっているのだろうと思いながら、ワードローブの扉を開ける。しかし、中にはタリーのものしかなかった。彼女は眉をひそめて考えこんだが、やがてどうにか答えを見つけた。そうよ、私が眠っていたから、彼の荷ほどきはあとまわしになったんだわ。タリーは自分の荷物を片づけ、イェイトの荷物を入れる空間を作った。彼のじゃまをするのではなく、むしろ助けることになるなどとは、まったく意識していなかった。

ダークブルーのドレスはとてもよく似合った。細いストラップが白くなめらかな肩を引きたたせているし、表面をおおうシフォンが華奢《きやしや》で女らしい雰囲気をかもし出している。身長が百七十センチあっては、華奢というには無理があるけれど。でもいいわ、これなら大丈夫。タリーは体をひねり、横からの姿を見ようとした。

しかし鏡を見たとたん、声がもれた。両腕の裏側の、今朝イェイトにつかまれた場所にあざができている。どうりで触ると痛かったはずだ！　こんな格好では、どこにも行けない。

どうすればいいのか考えているうちに、ドアが開いた。さっと目をやると、イェイトが立っていた。大柄で、たくましく、どこまでも男らしい。ハンサムとは少し違うが、ディナージャケットを着た姿はとても立派だ。なぜかはわからないが、タリーはふいにどきりとした。イェイトがタリーの全身を眺めまわす。青い瞳にちらりと称賛の色が浮かんだような気もしたが、次の瞬間それは跡形もなく消えうせ、冷ややかな言葉が飛んできた。

「みんな、君を待っているんだぞ」

「私、行けないわ」

イェイトの目が険しくなった。ここは相当きちんとした説明をしないと、ただではすまないだろう。

「いいか、タリー、僕は今、ゲームをする気分じゃないんだ」その言葉を聞き、タリーはふと思った。彼は私のこと以外でいらだっているのかしら？

「ゲームなんかしていないわ」そう答えたものの、なぜか急にあざを見せたくなくなった。「このドレスではだめなの。でも、ほかにはドレスを持っていなくて」

イェイトはタリーにいつもの率直さがないのを感じ取ったらしく、今度はかなり穏やかな声できいた。

「そのドレスのどこがまずいのか、教えてもらいたいな。僕の目からすれば、君はとても……見ばえがするんだが」

タリーはあきらめたようにため息をつき、彼に背中を向けた。「まずいのは腕よ。今気づいたの」

「なんてことだ！　僕のせいなのか？」

イェイトが動く気配がした。両肩に手を置かれ、タリーはびくっとしたが、イェイトはその手を離すことなく彼女を振り向かせた。ここですべきことは決まっている。責めるように彼をにらみつけなければ。けれど、なにかがタリーの心をとらえ、彼は後悔していると教えていた。タリーはイェイトを見ることができず、やがて顎の下に彼の手が触れるのを感じた。タリーの顔が上がり、二人がじっと見つめ合う。イェイトの目にもはや険しさはなかった。

「考えていたんだよ、タルーラ・ヴィカリー。僕らのうち、どっちがひどい悪人なんだろうって。手癖の悪い君か、それとも乱暴者の僕か？」

手癖の悪いという言葉を聞き、タリーの弱気は瞬時に消え去った。「あなたを大きないじめっ子呼ばわりする気はないわ。わざわざ言わなくても、自分でちゃんとわかっているはずだもの！」タリーはぴしゃりと言い、全面的に争う覚悟をした。けれどもまったく相手にされず、拍子抜けするはめになった。

「君がほかになにを持ってきているのか、見せてくれ」その瞬間、タリーは悟った。たとえジーンズとパーカーという選択肢しかなくても、イェイトは私を一緒に連れていくつもりでいるらしい。でも、どうして？　タリーにはまったく見当もつかなかった。

6

客間に向かう間、イェイトはタリーの腰に腕をまわしていた。奇妙なことに、タリーはそれがうれしかった。とはいえ、こんなに自信のない状態はこれまで一度もない。きっとドレスのせいだわ。ほかの人たちはみんな派手に着飾っているはずだ。タリーのドレスは足首までの長さで、ゆったりした長い袖《そで》がついていて、たしかにディナー向きではあった。ただしもう二年も前のもので、当時はたまらなく魅力的だったけれど、今ではどこから見てもパーティドレスと呼べる代物ではなかった。

イェイトは客間の外でいったん足をとめ、タリーはけげんそうに彼を見つめた。「タリー・ヴィカリー、君はきれいだよ」タリーの鼻先に軽くキスし、それからドアを開けて彼女を中に通した。

タリーの唇に笑みが浮かんだ。憎んでいる男性からのばかげた言葉と短いキスのせいで、全身にナイロンをまとってパーティに出てもかまわないような気分になったのが、ちょっとした驚きだった。

「イェイト、タリー」ミセス・ミーケムがほほえむ。

客間にはあと二人いた。一人はタリーより少し年上の感じのいいブロンド女性。もう一人はイェイトと同じ金髪の男性で、年はイェイトより三つか四つ下に見えた。しかし、身長が同じくらいかどうかはわからない。車椅子に乗っていたからだ。

「ジャッキーとバートに挨拶《あいさつ》してくれ」イェイトが言った。けれど、タリーはもはや笑いたい気分ではなかった。ごく自然で礼儀正しい態度をとったので、車椅子を見てショックを受けたことをバートに悟られなかったとは思うけれど、それにしてもイェイトはなぜ前もって教えてくれなかったのだろう。

あたりの空気がふいに張りつめたが、ジャッキーが手を差し出して緊張をやわらげた。

「はじめまして、タリー」ジャッキーの顔には気さくな笑みが浮かんでいる。「今日あなたがイェイトと一緒に来てくれて、本当にうれしいわ。家族全員が集まるって、とてもすてきなことだもの」

タリーもほほえみ返し、反射的に手を差し出した。今のはどういう意味だろう？ 私が一緒でなければ、イェイトは来なかったと言っているの？ しかしなにかを言うより先に、バート・ミーケムがこちらを見ていることに気づいた。〝君がイェイトのいちばん新しい相手か〟と言っているようなまなざし。あたりはふたたび緊張に包まれた。タリーはバートからジャッキーに目を移した。ジャッキーは不安げに唇を噛《か》んでいるが、なにを恐れているのかはわからない。今日は彼女にとって人生でいちばん幸せな日のはずなのに、とてもそうは見えなかった。タリーは持ち前の勘のよさでとっさに悟った。どうやら自分がここにいることが、今夜のパーティが成功するかどうかの鍵《かぎ》になっているらしい。タリーはバートに手を差し出し、いたずらっぽく言った。

「イェイトはちゃんと教えてくれるべきだったわ。あなたのほうがイェイトよりもハンサムだって」

まるで魔法かなにかのように、ぴりぴりした雰囲気が消え去った。全員が声をあげて笑う。

「イェイトは僕にも教えてくれるべきだったよ。ミス・タリー・ヴィカリーはちょっとした魔法使いだとね」バートはにやりとして手を差し出した。

それ以降、タリーは自分がイェイトの囚人でしかないことを忘れた。夕食にはさらに二組の親族が加わり、食後にはジャッキーとバートの友人もやってきたので、全員で別室に移ってダンスをした。

バートとジャッキーはとてもお似合いだと、タリーは思った。兄と弟がろくに言葉を交わしていないのは気になったけれど、夜は楽しく過ぎていった。ただし、イェイトが彼女のそばを離れようとしないことには驚いた。でも考えてみれば当然ね、とタリーは気が滅入《めい》るような感じを覚えた。彼女が金庫破りからすりに変身することを危ぶんで、安全策をとっているのだろう。

「どうしたんだ?」おじとほんの数分話してから、イェイトはまたタリーのそばに戻ってきた。

「なんのこと?」

「なにか気にさわることでもあったのか? さっきまでは生き生きしていたのに」そこで彼は思い出したようだ。彼がタリーから離れたとき、彼女はバートのいるグループにまじっていたことを。「バートにいやな思いをさせられたわけじゃないね?」

いやな思い? バートに? ミーケム兄弟の仲が冷えきっていることはすでに察していた。バートが無礼な態度をとったと思いこみ、イェイトが腹をたてているのだとしたら、兄弟間の溝をこれ以上広げないためにも、今考えていたことを打ち明けなければならないだろう。

「バートは完璧《かんぺき》な紳士だわ」これで終わらないかと期待したが、結局〝それで?〟と言いたげな表情が返ってきただけだった。辛抱強さがイェイトのいちばんの長所でないことはよく知っているので、タリーは率直に言った。「あなたがそうやってずっと私に張りついている理由がわかったの」

「うん? それはどういうことかな?」

「あなたは私を信用していないんでしょう。でも私を自分の家に連れてきたあげく、行動のすべてを監視するなんて思っていなかったの」

「行動のすべてを?」

「約束するわ。今夜ここで財布を盗んだり、ダイヤモンドをかすめ取ったりしないって」タリーはうつろな声で言った。イェイトが大笑いしはじめ、彼をぶってやりたい衝動がまたわきあがってきた。兄の笑い声を聞き、バートがこちらに目を向ける。それからイェイトを見つめてほほえんだ。タリーはますます頭が混乱した。バートがほほえんだのは、兄が楽しげに笑うのを見たからのように思える。だとしたら、兄弟の間にはまったく愛情がないわけでもないらしい。

「君はとんでもない誤解をしている、タリー」

「そうなんでしょうね」タリーは愛想よく答えたが、どこが誤解なのかイェイトは説明しなかった。

「おいで。踊ろう」頼まれているのではなく命じられているのはわかっていたので、タリーはイェイトについていった。しかし彼の両腕が体に触れるのを感じると、不思議なことにいらだちはいつの間にか消えていった。曲が終わってダンスフロアを去るころには、イェイトが言ったことをおもしろがるまでになっていた。

客たちが少しずつ帰りはじめ、最後に最初の五人だけが残された。

「客間に戻ろうか」イェイトが言った。「寝る前に少し飲んで、それからベッドに入ろう」

「今夜は本当に楽しかったわ」ミセス・ミーケムが言った。客間では全員が座っていた。ただし、イェイトだけは立って飲み物を配っていた。「あなたはどう、バート？　楽しんでくれた？」

「ああ、なにもかもすばらしかったよ」バートはかなり満足そうだった。そのときイェイトがタリーにシャンパンを渡そうとしたので、彼女は礼を言おうと顔を上げた。そして、イェイトも満足しているようだと気づいた。

飲み物が全員に行き渡ると、イェイトはタリーの隣に腰を下ろした。「君も楽しんでくれたかい？」

「ええ、どうもありがとう」タリーはしかつめらしく答えた。なぜこんなふうに気を遣われるのかはわからないが、これはきたるべきことへの前置きだろうと察した。タリーの指はどうしようもなく震え出し、シャンパンがグラスの縁からこぼれた。

「気をつけて、ダーリン」イェイトが言う。

「結婚行進曲が聞こえそうだな」バートが言った。

その口ぶりからすると、イェイトがあからさまに愛情表現をするのはあまりないことのようだった。

「口がすべってしまった」イェイトはあっさり受け流した。「それだけだ。誓ってもいい」

けれど、タリーはとても奇妙な思いにとらわれた。彼はわざと〝ダーリン〟という言葉をひけらかしたのでは？　それに加えて理由はわからないけれど、私を彼の目的のために利用している。その目的とは、週末だけの愛人が欲しいと言ったこととは全然関係がないらしい。

それ以降、タリーはほとんど会話に参加しなかった。ほかの人々の話を聞いて楽しんでいた。もっとも、しゃべっていたのはおおむねミセス・ミーケムだった。ミセス・ミーケムはなにを言うときにも、息子たちが会話をしなければならない方向に持っていった。ジャッキーもまた、イェイトとバートが話をするよう仕向けているようだ。しかし、二人の兄弟はときおりあたりさわりのない言葉を口にする以外、ほとんど話さなかった。そしてイェイトがそろそろ終わりにしてはどうかとほのめかした。

「じゃあ、僕はもう寝るよ。行こうか、タリー？」

イェイトと一緒に西棟の居間に入ったタリーは、神経がすり切れそうなほど張りつめていた。どうすれば彼とベッドをともにせずにすむだろう？

「僕は少し本を読むよ」イェイトはタリーの全身に視線を走らせた。「君は眠ったほうがいい。とても疲れているようだから」

タリーはためらった。今の言葉からすると、イェイトは一緒にベッドに入るつもりではなさそうだが、読書を終えたときになにを考えるかまではわからない。読みはじめたら終わるまで本を置かないタイプだといいけれど。それもちょうど『戦争と平和』でも読みはじめたばかりだったらいいのに。でも……。

「頼むから、眠ってくれ！　いつまでうろうろしてるんだ。まるで方向感覚を失った蛾《が》みたいだ」

タリーはたたきつけるように寝室のドアを閉め、子供じみていると思いながらもとても満足した。本当に最低の男！　それでもだんだん気分は静まり、タリーは顔を洗ってナイトドレスに着替えた。いちばんかわいいナイトドレスを持ってきてしまったのは残念だ。優美なレースに彩られた透けるように薄いナイトドレスはハワードの夜の訪問を期待したわけではないけれど、休日気分に浮かされてつい荷物に入れてしまった。

ベッドに入りかけたとき、爪先を思いきりぶつけた。苦痛の叫びを押し殺してタリーは片足で飛びまわったが、ついにバランスを崩してどっと倒れこみ、小さな椅子も一緒に倒してしまった。

「なんだ？」

これほど騒々しい物音がイェイトの耳に届かなかったと期待するのは無理だった。ただしそれ以外の人々には聞こえなかったはずなので、タリーはつかの間、ここがほかから離れた場所でよかったと初めて思った。顔を上げてイェイトがいるのに気づくと、その思いはまたたく間に消えうせた。

「爪先をぶつけたの」まるで十歳の子供がキスして治して、と頼んでいるように聞こえた。そのため、タリーは自分がナイトドレスしか着ていないのを忘れて、本心からイェイトにほほえみかけた。しかしイェイトがまったくおもしろがっていないのに気づくと、笑みはしだいに消えた。この男性に向かって舌を突き出し、ちょっとばかり怒らせることができたらいいのに。どんなに怖い顔をされても負けるものですかと思い、タリーは必死に立ちあがった。

「うるさくしてごめんなさい。いい場面を読んでいる最中でなかったらいいんだけど」

「その生意気な舌のせいで、君はいずれかなり面倒なことになるだろうな」もう手助けはいらないというのに、イェイトはタリーのそばにやってきた。

「今よりもっと面倒なことになるというわけ?」

「君の面倒はまだ始まっていない」もしイェイトがタリーの舌をとめる確実な方法をさがしているなら、もうこれ以上さがす必要はなかった。

「本を読んでいるんでしょう?」あわてて言い、後ろに下がる。

「本には飽きてきたんだ」

「たぶん、これからおもしろくなるわ」

「いや、ならないだろう」彼はさらに近づいてくる。

「リ、リチャード・バックの『かもめのジョナサン』は読んだ? わ、私はすごくいいと思ったわ」

タリーは藁《わら》にもすがる思いだった。もう一歩下がると、とうとう背中が壁にぶつかってしまった。

「タリー、君は本当におもしろい」イェイトは短く笑った。「肌もあらわなきれいな女性と同じ部屋にいて、ベッドもあるのに、本について議論をする日がくるなんて夢にも思わなかった。だが……」両手をタリーの肩にのせる。「僕の記憶によれば、たしかジョナサンはこう気づくんじゃなかったかな。本気になって取り組めば、できないことはなにもないと……。さて、タリー・ヴィカリー、僕もそろそろ本気になろうと思うんだ。その魅力的な唇をキスでふさいで黙らせるときがきたんだよ」

イェイトに抱き寄せられ、タリーは腕が動かせなくなった。爪先の痛みさえおさまっていれば、蹴飛《けと》ばしてやったのに。もう片方の足はなんでもないことをすっかり忘れて、タリーは思った。しかしイェイトが短く軽いキスをすると、次になにかされたら徹底的に抵抗するつもりだったことも忘れてしまった。ただ立ちつくし、ぼんやり彼を見つめることしかできない。

「君の唇はとてもすてきだ、タリー」

「私は……私は……」タリーはなにか言おうと必死だった。なんでもいいから言って、こんなことは終わりにしなければ。けれど、彼女の身には思いがけないことが起こっていた。イェイトの唇が触れる感触をもう一度味わいたい。蹴ってでも噛んででも、とにかく闘えと彼女の中のすべてが命じているのに、心だけはそれを拒んでいた。

「しいっ、黙って」イェイトはタリーの唇に指をあてた。やがて離して、ふたたびやさしく唇を触れさせた。

タリーの唇がみずからすすんで開いた。彼の体の熱がナイトドレスの薄い布地越しに伝わってくる。もっと強く体を押しつけたい、とタリーは思った。もちろん、そんなことはできない。だめだと頭が命じていた。しかし硬い壁がふたたび背中にあたり、二人の体が重なるのを感じた瞬間、心の深いところにあるなにかが常識をかなぐり捨てた。イェイトの両手がゆっくり彼女の腰をとらえ、自分の方に引き寄せる。彼の男らしさを感じたタリーの心臓が、口から飛び出しそうなほど激しく打った。イェイトのキスは微妙に変わっていた。やさしいキスから、さぐるような、そして奪うようなキスに。この人は私を誘惑しているのかもしれない、とタリーはぼんやり思った。そうよ、私は誘惑されている。経験豊富な相手にとらわれている。

イェイトがようやく身を引き、タリーはすっかり途方にくれた。彼のせいで差し迫った欲求が目覚め、消すことができなかった。いったいなにが起こっているのかよくわからないまま、タリーはイェイトをじっと見つめ、目で訴えた。どうかここにいて、こんな状態の私を残して行ってしまわないで、と。

イェイトの唇の端が上がり、やさしい笑みが浮かんだ。「大丈夫か?」そう静かにきいたときも、あざけるような響きはまったくなかった。しかし、タリーはイェイトの言葉の意味をはかりかねた。今のは〝君は大丈夫か?〟という意味なの? それとも〝もう行って大丈夫か?〟あるいは〝ここにいて大丈夫か?〟という意味?

「大丈夫よ」タリーは答えたが、なにが大丈夫なのかよくわかっていなかった。

イェイトがタリーを抱きあげ、ベッドに運んでいく。私、きっとパニックになるわ、とタリーは思った。けれどイェイトが彼女をベッドに下ろして隣に横になっても、パニックの気配はまるで感じられず、もう一度キスされたいとしか思わなかった。彼のシャツはいつの間にかはだけ、黒い胸毛があらわになっている。イェイトはタリーの目や鼻に唇をすべらせ、最後は満足そうに唇をふさいだ。タリーは片手をシャツの中に入れ、イェイトの心臓が自分の心臓と同じくらい激しく打っているのをうれしく思った。

イェイトはいともたやすくタリーの肩からナイトドレスをすべらせ、唇と両手でなめらかな曲線を愛《あい》撫《ぶ》した。中央に並んでいる小さな真珠色のボタンも障害にはならなかった。最初の五つか六つがはずれると、やわらかな布地の下に片手がそっと入りこんでくる。期待が高まるあまり、タリーは息ができなくなった。イェイトの唇がふたたび唇を奪う。裸の胸に初めて男性の手が触れる。至福の喜びがわきあがり、タリーは体を弓なりにそらせた。

「ああ、イェイト」

イェイトは顔を上げ、タリーの目をのぞきこんだ。そのまなざしには燃えるような欲望がうかがえる。ナイトドレスが脇《わき》に押しやられ、胸があらわになった。タリーは頬を真っ赤に染め、おずおずと手を上げてイェイトの顔を包みこんで裸の体を見られないようにした。タリーの恥じらいに気づいたのかどうかはわからないが、イェイトは彼女の手をやさしく取り、てのひらにキスをして、それからまた目をのぞきこんだ。

「だめ、イェイト」タリーはかすれた声で言った。

イェイトは当惑しているようだった。「だめ?」

「見ないで」タリーは言った。私が恥ずかしがっていることを理解してほしい。そして、やさしく愛のレッスンを続けてほしい。

苦悶《くもん》に満ちた数秒が過ぎた。完全に動きをとめていたイェイトが、やがて責めるように言った。「ここまで来て、やめようなんて言わないでくれ」

「私……その……そういうことじゃないの」

「だったら教えてくれないか。やめようというんじゃないなら、いったいなんなんだ?」

イェイトの声音を聞き、タリーは体を隠したくなった。しかしイェイトは体でタリーを押さえつけ、身動きができないようにしていた。

「たぶん……」皮肉たっぷりの口調で言う。「いとしいハワードのことを考えたせいだろうな。君は変わった女性だよ、タリー。僕が知っている情報からすれば、君がハワードのベッドから僕のベッドに移ることを苦にするとは思えなかったんだが」

そのとき、タリーはふいに気づいた。そういえば、今夜は一度もハワードのことを考えなかった。気づいたことはほかにもあった。きっとイェイトは私の恥じらいを演技だと思っているに違いない。ハワードと私にはすでに体の関係があると信じこんでいるようだから。

「私……ハワードとベッドをともにしたことはないの」タリーは思わず言ってしまった。

「一度も?」イェイトは信じられないという口調で

言った。そしてタリーの顔をじっと見つめ、初めて気づいた。タリーが彼の視線を避けているのは嘘《うそ》をついているからではなく、恥ずかしくてたまらないからだと。「なんてことだ！　君は結婚しようと考えている男と一度も寝たことがない……そう言っているのか？」

もしイェイト・ミーケムが〝その男はどこか悪いのか？〟とでも言えば、タリーは彼をぶってやるつもりだった。

「だが、君は彼のフラットに泊まって二人きりで夜を過ごしたんだろう？」

「家族をのぞいて私が夜を過ごしたことがある相手は、あなただけよ」タリーはぴしゃりと言った。

「君は……まだ男に触れられた経験がないというのか？　つまり、バージンだと？」

タリーの顔は真っ赤になったが、目をそらしたくてもイェイトが許してくれなかった。「そうよ」ささやくように答える。そして生まれて初めて、その事実をうとましく思った。先ほどの激しい喜びをもう一度味わいたい。しかし、タリーの意見は以前とは変わっていた。以前はバージンをベッドに連れていくのがイェイトは好きなのだろうと思っていたが、今はまったく逆で、彼は未経験の女など相手にしないのだという確信がどんどん強くなっていた。

「だったらさっきのぎこちないふるまいは、まだ一度も男に……見られたことがないせいなのか？」

「え、ええ」

「だったら、僕に最初に見せてくれ」タリーの頰は火のように熱くなったが、イェイトは唇をきつく結び、ゆっくり視線を動かして先ほどあらわにした場所を見つめた。それからどうしても自分をとめられないかのように、二つの薔薇《ばら》色の胸の先端にキスした。「君には貸しがある。せめてこのくらいはさせてもらう」そう言ったあと、イェイトはナイトドレスをもとに戻してベッドから下り、ショックで呆然《ぼうぜん》としているタリーを見つめた。「一つ忠告してもいいかな、ミス・ヴィカリー。今僕たちがのんびり歩いてきた道を次に誰かとまた通るときには、出発の段階で道連れに伝えておくといい。〝そう遠くない先にバージンという停止標識がある〟と」

イェイトの背後でドアが静かに閉まった。停止標識ですって！　私はそうは思わないわ。彼が勝手にそう思ったのよ。それに〝のんびり歩いてきた〟とも言ったわね？　私は全力疾走していたのに。

これまで感じたことがないほどの恥ずかしさがこみあげてきた。ああ……イェイトに誘惑されて、私は徹底的に抵抗するどころか、指一本上げずに降伏しようとした。次に彼に会うとき、どんな顔をすればいいの？　私が差し出したものを、彼はきっぱり拒絶した。私をどう思っているのかしら？　最初はあんなにいやがっていたのに、タリー・ヴィカリーはあっさり誘惑に乗った、あまりにあっけなさすぎてもう先に進む気にはならなかった、とか？

それからしばらく、タリーはすべての責めをイェイトに負わせようとがんばった。けれど結局は生来の公平さが頭をもたげ、真実を直視しなければならなくなった。ずっと眠っていた欲望、存在さえも知らずにいた欲望がイェイトの力によって目覚めると、私はあっという間に我を忘れた。ノーと言うための時間はじゅうぶんに与えられていたのに。イェイトが〝大丈夫か？〟ときいたときのことが脳裏に浮かぶ。あのとき、彼はこう告げていたのだろう。このまま進めばじきに引き返せなくなる、と。

タリーはいらだち、考えるのをやめようとした。でも、できなかった。今夜イェイトがどこで眠っているのか知らないが、タリーの隣の枕《まくら》で休む気がないことだけは確かだった。ふいに涙がこぼれ、あとからあとからあふれた。リチャードがお金を盗んだりしなければ、私はハワードと一緒に……ああ、私はいったいどうしてしまったの？　ハワードのことは愛している。けれどイェイトといて感じるものは、ハワードといて感じたものとは違う。ハワードは一度もあんなふうには感じさせてくれなかった。

どのくらいの間、内なる魂と闘っていたのかはわからない。何時間とも思える時間が過ぎたあと、ようやく涙は乾いた。頭も心も疲れきったタリーは、眠りの世界に落ちていった。

深い眠りから覚めたのは、日曜の朝マリアンが朝の紅茶を運んできたときだった。目覚めたとたん、昨夜の出来事がすべて脳裏によみがえり、こんなことならロンドンに帰る時刻まで眠らせてくれたらよかったのに、と心の底から思った。

「おはよう、マリアン」

「おはようございます。あの……お風呂の準備をいたしましょうか？　それとも、ほかになにかご用がございますか？　精一杯お世話するようにと、ミセス・エヴァリーから言いつかっていますので」

「お心遣いはありがたいわ。でも、ミセス・エヴァリーはあなたがいないと困るんじゃないかしら」

「いいえ、大丈夫です。ミセス・エヴァリーがすることはそんなにたくさんないんです。人手はじゅうぶんありますし、ミセス・エヴァリーは監督をしているだけなんです。きつい仕事は絶対にしてはいけないと、ミセス・ミーケムがおっしゃるもので」

内気なマリアンにしてはかなり長いおしゃべりだった。もしかしたら、もう少し話しつづけてくれるかもしれない。でもマリアンがはにかみを忘れたのはほんのいっときのことで、そのあとすぐ、彼女は〝とくにご用がないようなら失礼します〟と言った。

タリーはイェイトから借りた腕時計をちらりと見た。思っていたほど早い時間ではない。もう九時ということは、たぶんほかの人々は階下で朝食をとっているのだろう。朝食がすんだら、イェイトがやってくるかもしれない。そうなったらどうすればいいの？　タリーはたちまち警戒した。

ベッドから飛び出して、浴槽の蛇口をひねる。十五分後には穏やかなピンク色のコットンのワンピースを身につけ、寝不足のせいで目元が疲れて見えるのをどうやったらごまかせるだろうかと考えていた。

階下に下りるには、ひどく勇気がいった。朝食用の部屋に入るには、さらに多くの勇気をかき集めなければならなかった。ドアの取っ手に触れたときは、足が先に進まなくなるのではないかと思ったが、それでも必死に自分に言い聞かせた。イェイトがいるからといって、それで勇気がなえるほど私は意気地なしではない。タリーは昂然《こうぜん》と頭を上げてドアを開けた。

7

イェイトはそこにいた。ジャッキーとバートもいる。ただ、ミセス・ミーケムだけは見あたらない。

「おはようございます」タリーは全員に声をかけた。

「座って、タリー。なにが食べたい？　あるのは……」イェイトが問いかける。

「トーストだけちょうだい」

ごく普通で、日常的な会話に聞こえる。でも、本当は普通でもなければ日常的でもない。タリーは気分が悪くなり、最初に一度ちらりとイェイトを見たあと、もう二度と目を向けなかった。

「マーマレードはどうかしら？」

振り返ると、ジャッキーがマーマレードを差し出していた。「ありがとう」テーブルに気まずい沈黙が下りる。どうやら誰もなにも言うことがないようだ。「遅くなってごめんなさい」タリーは謝った。

「いいよ」バートが笑いかけた。「マリアンは八時にお茶を持っていこうとしたんだけど、イェイトがあと一時間はそっとしておこうと言ったんだ」

「ゆうべはみんな休むのが遅かったから」イェイトが話に割りこんできた。「母はまだ起きてきていないから、君が最後というわけじゃないんだ」

バートの視線を感じて振り向いたタリーは、彼の表情から目の下のくまに気づかれたことを悟った。

「どうやら君がいちばん遅くまで起きていたみたいだね」空気がふいにぴんと張りつめた。タリーは真っ赤になり、隣でイェイトが体を動かすのを感じ取った。バートの言葉に他意はなかったのかもしれないが、彼女にはそうは思えなかった。たぶん、イェイトも同じなのだろう。

「参考までに言っておくよ、バート。タリーは僕と一緒に寝ていない。おまえが言ったことは女性に対して失礼だし、そればかりか不当なあてこすりでもある。タリーに謝るべきじゃないかな」

「へえ、兄さんも変わったんだな。女性をものにできるチャンスを逃すなんて、兄さんらしくない」

タリーはじっとテーブルクロスを見つめていたが、そのうちなにかに駆りたてられるようにイェイトに目を向けた。イェイトの顔は怒りで青ざめている。

「タリーは西棟の続き部屋を使っている。僕がいるのはその向かい側だ。さあ、どうする、バート」

「お願い、やめて……」それ以上言う必要はなかった。タリーが顔を赤らめているのに気づき、バートの気持ちはおさまったようだった。

「すまない、タリー。イェイトが叱《しか》るのも当然だ」バートは愛嬌《あいきょう》のある笑みを浮かべた。「兄さんが恋に落ちたらなにもかも変わるだろうってことくらい、わかっていてもよかったのに」バートは大きな勘違いをしているようだ。けれど兄弟間の対立がおさまりつつある今、タリーは訂正する気になれなかった。

「イェイトは愛する女性を大事にする。いつもそばに置きたがるだろうけど、名誉を傷つけるようなまねはしないはずだ」

ジャッキーが大学対抗のボートレースの話題を出してくれたのはありがたかった。朝食は落ち着いた雰囲気の中で続き、タリーは考えた。イェイトが私に恋しているなんて、バートはどうしてそんな結論を出したのかしら？　でも、やがてはたと気づいた。イェイトがそんな印象を与えようとしているからではないの？　昨夜のパーティで影のようにつきまとう彼を責めたときには〝君は誤解をしている〟と言っていたし、〝ダーリン〟という呼びかけにしてもわざとバートに聞こえるように言っていた。タリーはふいに確信した。イェイトの狙《ねら》いは、彼が私に恋していると家族に思いこませることなのだ。でも、どうして？　そういえばイェイトが家に戻ったのは約一年ぶりだと、ミセス・エヴァリーが言っていたけれど……。

朝食が終わると、バートとジャッキーはすぐに部屋から出ていった。イェイトもすでに立ちあがっている。私はどうすればいいのだろう、とタリーは思った。イェイトと二人きりにはなりたくない。ただ、理由は昨日とは違っていた。

「散歩に行こう、タリー」イェイトが言った。

二人は無言のまま〝ザ・グレインジ〟の右手の小道をたどった。イェイトは考えごとをしているらしく、とても話をする雰囲気でなかった。それでも、タリーはぜひきいてみたいことがあった。先ほどのバートの侮辱に対してあんなにむきになって私をかばったのはなぜなのかと。けれども、やはりきけなかった。もしそんなことをすれば昨夜のことについてなにか言われるかもしれないと思い、怖くなったからだ。あんな出来事はさっさと葬り去ってしまわなければならない。

しばらく歩くと、横木が五本渡されただけの粗末な門にたどり着いた。タリーはその脇《わき》に立ち、イェイトはいちばん上の横木に両腕をのせて遠くを見つめた。

「バートはいつから車椅子に?」

「一年ほど前からだ」

「なにがあったの?」

「交通事故だ」

そういうことだったのね、とタリーは納得した。

〝一年ほど前〟とイェイトは言った。そして彼がこの家に戻ったのも約一年ぶり。おそらく事故にあった車を運転していたのはイェイトで、彼のほうは無傷で助かったに違いない。でもおかしいわ……タリーはここに来るまでのイェイトの見事な運転ぶりを思い出した。もしかしたら以前は違っていたのかもしれない。事故を教訓にして注意するようになったのかも。今まで謎《なぞ》だったけれど、いろいろわかってきた。兄弟の不仲の原因は交通事故にある。イェイトが笑うのを見てバートがほほえんだのは、兄への愛情がまだ残っている表れだろう。でも歩けなくなったことへの恨みが、その愛情を陰らせているのだ。

「お気の毒ね」タリーは静かに言った。

「どうしてだ?」

「だって、運転していたのはあなたでしょう?」やさしく言うと、陰気な笑い声が聞こえてきた。

「君はひどい勘違いをしている、ミス・ヴィカリー。事故にあったとき、バートは一人だった」

「まあ」

「もう一回推理してみるかい?」イェイトが意地悪く言う。「それとも、そろそろ引き返すか?」

残酷なあてこすりに深く傷ついたタリーは、無言のまま来た道を戻りはじめた。しかしそれほど行かないうちに肩をつかまれ、振り返るはめになった。イェイトはひどく怒った顔をしている。「逃げるなよ。知りたくてたまらないんだろう？　闇夜《やみよ》にうちの会社に忍びこむだけの度胸があるなら、ここで逃げずに気になってたまらないことをきく度胸だってあるんじゃないのか？」

まるで私に話したがっているみたいだわ。長い間一人で背負ってきた罪の意識から解放されたがっているかのように。そのとき、急に確信が芽生えた。そうよ、この人は罪悪感を持っている。さらに、別の確信も生まれた。そんなことは知りたくない。イェイトがかかえる罪はとても重い……私などにはとても背負いきれないほど。なぜかそんな気がしてならず、タリーは身を振りほどこうとした。ここから逃げ出したかった。

「だめだ。そもそも君がけしかけたんだぞ。最後まで話を聞くのが礼儀じゃないかな」

「罪の重荷を少しでも下ろしたくてたまらないのね。だったら、教えて。なにがそんなにあなたの心を苦しめているの？　バートが運転していたのはあなたの車だったの？　ブレーキが故障していたとか、ハンドル操作に問題があったとか？」

「全部はずれだな、かわいいシャーロック。バートが運転していたのは自分の車だ」当時のことを追体験しているのだろう、イェイトの顔がいくぶん青ざめている気がする。「バートは取り乱していた。大声で叫びながら飛び出していったんだ。追っても無駄だった。バートは聞く耳を持たなかっただろうし、下手をすれば自殺もしかねなかった。気づいたら警察が来ていて、事故があったと聞かされた。性悪女のローウィーナはヒステリー状態になったよ」

イェイトはすでに手を離していたが、タリーは動けなかった。イェイトの顔にははかりしれない痛みと苦しみが浮かんでいる。そんな表情を見せられたら、たとえ命がかかっていたとしても動けなかっただろう。ローウィーナって誰？　聞き覚えのない名前だけれど……でも今はそれどころではない。イェイトは自分の苦悩の闇に深く沈みこんでしまっている。どうにかして呼び戻さなければ。

「バートは取り乱していたと言ったわね」タリーは静かにきいた。「どうしてなの、イェイト？」

イェイトははっとした。「なんだって？」

「バートはなぜ取り乱していたのかときいたの」

「当時、バートはローウィーナと婚約していた。だがある晩寝室を出たら、彼女が僕と一緒のベッドにいるのを見つけたというわけさ」

タリーは息がとまるほどの衝撃を受けた。ただありのままの事実を述べただけの言葉には後悔も、良心の呵責《かしゃく》も感じられなかった。タリーが信じられないと言わんばかりに目を見開くと、イェイトは顔をそむけた。

「これで好奇心は満たされたかい？」

これ以上は耐えられない。タリーはきびすを返して走り出した。必死に走ったので屋敷に着いたときには息が切れ、脇腹が痛かった。廊下の途中で客間に入ろうとしているジャッキーにでくわしたが、ろくに目もくれず、猛スピードでそばを通り過ぎて階段を駆けあがった。

ようやく西棟の部屋にたどり着いたときには、精も根も尽きはてていた。倒れるように椅子に座りこみ、タリーはめまぐるしく思いをめぐらせた。

兄弟が敵対するのも当然だわ！　弟が愛する女性と知りながら、ローウィーナという人と関係を持ったなんて理解できない。ぞっとして胸が悪くなる。

それから一年、イェイトは家に顔を出さなかった。でも、ミセス・ミーケムとミセス・エヴァリーは彼が戻ったことをとても喜んでいた。二人は事故の原因を知らないの？　タリーはふと立ちどまり、よくよく考えてみた。イェイトはなぜ帰ってきたの？　なぜ私を連れてきたの？

これだと思う答えが出るまでに、そう時間はかからなかった。きっとイェイトはずっと家に帰りたかったのだ。もしかしたらバートと仲直りしたいと思っていたのかもしれない。バートがジャッキーと婚約するのは、もうローウィーナにとらわれていない証拠だ。でもイェイトが戻ればまた同じことが起きるのではないか、新しい婚約者がイェイトとベッドにいるところを見つけるはめになるのではないかと不安を持たないとも限らない。そんな疑惑が生まれないようにするために、イェイトは恋人を連れていこうと考えた。そして、その恋人から片時も目を離したくないように見せかけた。ただ、一つわからないことがあった。そういう事情なら二人がベッドをともにしていると思われても別にかまわないはずなのに、バートにほのめかされたとき、なぜあんなにむきになって私をかばったの？　とりあえず、ここまでわかったのだからよしとしなければ。一つのわからない答えをさがして、事態をややこしくしたくない。

じっと座っていられず、タリーは立ちあがって寝室に入った。さっきジャッキーを無視したことはおぼろげに覚えていた。階下に下りて謝らなければ。だったら、すぐに行ったほうがいいだろう。イェイトが戻ってくるまでほうっておいて、ジャッキーも目に入らないほど動揺していたと知られるのは避けたかった。

客間に行ってみると、ジャッキーが一人でクロスワードパズルを解いていた。顔を上げて歓迎の笑みを浮かべたことからして、怒ってはいないらしい。

「ごめんなさい、ジャッキー。さっき戻ってきたとき、私、少し……気分がよくなくて、それで……」

「いいのよ。顔を見ればわかったもの。すごく怒っていて、すごく悩んでいるんだって」ジャッキーはやさしく言った。すでに事情を察しているのだろう。「バートとちょっと喧嘩《けんか》すると、私もいつもあんなふうになるわ。幸い、そうしょっちゅうあることじゃないけど。またイェイトの顔を見れば、あなたも気分がよくなるわよ」

ジャッキーが善意で言っているのはわかったし、彼女の気持ちはうれしかったけれど、本当のことを打ち明けるわけにはいかなかった。ジャッキーがローウィーナをどの程度知っているかはわからない。幸せそうなジャッキーの穏やかな表情を曇らせるようなことを口にする気にはなれなかった。

「そうね」タリーは答え、話題を終わらせようとした。「バートはどこ？」

「自分の部屋よ。リハビリの運動をしに行ったの」

ジャッキーはため息をついた。「バートの健康状態は申し分ないの。お医者さまも、そろそろ歩けるはずだっておっしゃっているわ。だからこそ、バートは婚約に同意したんだけれど……。熱心すぎるくらい体を動かしても、なにも起こる気配がないの」

それでは、バートは一生車椅子生活というわけではないの？　おかしなことにバートのためと同じくらい、イェイトのためにタリーはうれしくなった。

あわててその気持ちを頭から締め出した。

「初めて会ったときからすれば、バートはずいぶん変わったわ。最初に駐車場で会った日は、ものすごく不機嫌だったのよ。一つしかない駐車スペースを、彼と私の車で争って。今でも断言できるけど、絶対に私のほうが先だったわ。でも結局、車の窓越しにかなり激しい口論をするはめになって、最後には彼を無視して私がそのスペースに入った。そのうちほかの車が出ていって、バートにも場所ができたのが後部座席の窓から見えたわ。私は怒りがおさまらないまま、図書館の本やそのほかのものをまとめた。それからまたバックミラーをのぞいたら、バートが車椅子を出して乗っていたの。死ぬほど恥ずかしかったわ。なんて意地の悪いことをしたんだろう、彼のところに行って謝らないといけないと思った。でも実際に行ってみると、バートはただ私をにらみつけるばかりだった。自立心の強い人だってことはすぐにわかったわ。あのときの私はどうかしていたのかも。よくはわからないけど、とにかく私は謝る代わりにこう言っていたの。〝ほら、ごらんなさい。ほんの十秒待てば、そうやって不機嫌な気分になることもなかったのよ〟正直にいえば、私はそのときバートが車椅子から立ちあがって、非難の言葉を浴びせてくると思ったの。そしたら、あの人、急に笑い出して」ジャッキーは思い出し笑いをして先を続けた。「そして言ったわ。〝僕も図書館に行くんだ。よかったら車椅子を押してくれないか〟って」

ジャッキーの話はタリーのロマンティックな心を刺激した。しかし、ジャッキーのいつも生き生きした顔は暗かった。

「私はバートを心から愛しているの。でも、ちゃんと二本の足で立って結婚式に出られるようになるまで、あの人は決して結婚しようとはしないでしょう。バートの脚がもとに戻らないのは、どうやらなにかがじゃまをしているからみたいなの」ジャッキーは打ち明けた。「婚約すればうまくいくだろうと思ったけど、だめだったわ。そのあとでミセス・ミーケムが思いついたのよ。もしかしたらイェイトがこの家に戻ればいいかもしれない、それが答えじゃないかしらって。あなたは知っているかどうかわからないけど、一年ほど前、二人はひどい喧嘩をして、それ以来ずっと口をきいていなかったの」

それならジャッキーはローウィーナのことを知っているんだわ、とタリーは思った。けれどイェイトの恋人であるはずのタリーへの気遣いから、今度はジャッキーのほうが口をつぐんでくれていた。

「とにかく」ジャッキーは続けた。「ミセス・ミーケムがおっしゃったの。バートが意識不明だった間、イエイトはずっとつき添っていたと。子供のころ、バートは体が弱かったらしいわ。それに二人がまだ幼いころにお父さまが亡くなったから、イエイトはいつも弟を守ろうとしていたみたいね。とにかくこの話を聞いたとき、私も試してみるべきだと賛成したの。それでミセス・ミーケムが電話して、婚約パーティを手伝ってほしいとイエイトに頼んだのよ。そうすれば、バートが歩けるようになるかもしれないと言ってね。イエイトは考えてみると答えたけど、こうも言ったの。善良な女性の愛でさえ奇跡を起こせなかったのに、僕が弟に会って奇跡が起こるだろうか、どうして私たちがそんなふうに思うのかさっぱりわからないって」

「いかにもイエイトらしい言い方ね」タリーは言った。実際、イエイトがそう言っているところが目に浮かぶようだ。二人の女性は苦笑いをした。

「だから想像がつくでしょう。昨日まだ朝食も終わらないうちにイエイトから電話があったとき、ミセス・ミーケムと私がどんなに興奮したか。だってイエイトが帰ってくるだけじゃなく、特別な人も一緒に連れてくるっていうんですもの」

ドアが開き、ミセス・ミーケムが入ってきた。その後ろにはバートもいる。

「イエイトはどこかしら?」

「さっき窓のそばを通りました」ジャッキーが言い、それからバートの方を向いた。「どうだった?」

「一杯飲みたいよ」そう答えながらも、バートがジャッキーを見る目には特別なほほえみが宿っていた。

イエイトに来てほしい、とタリーは思った。なぜなのかはわからない。彼が期待されたとおりに行動することなどめったにないのに。しかし廊下を歩く足音が聞こえると、タリーは意識して笑みを浮かべようとした。足音はためらうことなく客間の前までやってきた。しかしそこではとまらず、力強く先へと進んでいった。

まだイェイトの機嫌は直らないのだろうか？　答えを知る方法は一つしかない。あと三十分で昼食の準備ができるとミセス・ミーケムが言い、誰か一緒にシェリー酒を飲まないかとバートがきいた。だが、タリーは立ちあがった。「私はいらないわ、バート。イェイトがどこにいるのか、ちょっと見てくる」

西棟に向かいながら、タリーは考えた。これではまるで、イェイトが視界から消えることに一分だって耐えられないと言わんばかりじゃないの。きっとみんながそう思っている。本当のことを知ってもらえたらいいのに！　でもたとえイェイトのことは嫌いでも、週末を一緒に過ごせと脅迫された本当の理由がわかった今、彼を助けたい気持ちも芽生えていた。なにができるかはわからないが、もしなにかできるなら、協力は惜しまないつもりだった。イェイトとはあと数時間で別れるけれど。週末だけ愛人になれというイェイトの言葉は、とんでもない大嘘《うそ》だった。イェイトが心にかけているのはただ一つ、バートを歩かせることだけだった。表面上は敵対していても、兄弟は深い愛情で結ばれている。タリーが兄リチャードを愛しているように。

イェイトは居間にいると思ったが、予想ははずれた。タリーは静かにドアを閉め、向きを変えた。ドアはいくつも並んでいる。しかし真向かいの部屋をノックすると、中で人の動く気配がした。そこで返事を待つことなく、ドアを開けた。

イェイトは着替え中で、タリーを見てほんの一瞬シャツのボタンをとめていた手をとめた。

「どうぞ、入ってくれ」皮肉たっぷりに言う。

「私……ノックしたのよ」

「聞こえた。だが君は僕に会いたくてたまらなくて、着替えを終えた僕が君を中に入れるまで待てなかったんだね……さあ、ここへおいで。レディの願いはいつだって喜んで受け入れるよ」

「きっとそうでしょうね。それに、そのレディがもう売約ずみだってかまわないんでしょう?」

言ったとたんに後悔した。イェイトの顔に激しい怒りがよぎる。しかし彼はすぐにタリーに背を向け、ネクタイに手を伸ばした。

「実に古風なかわいい言い方だな。でも、しかたない。君は古風なんだから……一部の事柄に関しては。そうだろう、タリー?」

不機嫌なイェイトをなだめたかったのに、ものの見事に失敗してしまった。まともに話をしたいなら、ここは頭を下げるしかない。たとえ〝一部の事柄〟というのが、窃盗行為を指しているとしても。


「ごめんなさい。言うべきことじゃなかったわ」イエイトはタリーを無視し、ネクタイを結んでいる。

「ねえ、イェイト。私、ちゃんとわかっているの、あなたが私を嫌いだってことを。でも、今はあなた自身のこともあまり好きじゃないんじゃないの?」

なぜそんなことを言ったのか、タリーは自分でもよくわからなかった。けれど、ようやくイェイトの注意を引くことができた。「ジャッキーから聞いたわ。バートのことよ。また歩けるようになる見込みはじゅうぶんあるんですってね」

イェイトがなにか言ってくれればいいのに、とタリーは思った。険悪な目でじっと見ていられるのはたまらない。しかし、話を始めたことを後悔してはいなかった。

「でも、まだ彼は歩けない。おそらく心理的な要因がじゃましているんだって、ジャッキーは言ったわ。それで……思ったんだけれど、バートはジャッキーがあなたのそばにいると落ち着かないみたいでしょう？　もしかしたらそのことと関係があるんじゃないかって……」ああ、イェイトはまたあの恐ろしい目をしている。タリーの声は喉の奥で消えた。

「続けろ。君の言葉で僕が傷つくと思っているなら、心配は無用だ」辛辣《しんらつ》な皮肉が投げつけられた。それでもタリーはわずかに顔を上げた。二人はこれまで一度も媚《こ》びた態度をとったことがない。率直な言葉こそ、二人の間にある唯一誠実なものだった。

「いいわ。私がここへ来たのは、こう言いたかったからよ。あなたが私を連れてきたがった本当の理由がわかったの。愛人が必要だという話とは関係なかったのね。名目上はそうだったけど」タリーはふと言葉を切った。困惑がつのる。イェイトは、二人がベッドをともにしていることを強く否定した。その理由はまだわからない。「私が言いたいのは……あなたと私が……あ、愛し合っているとバートに思わせることがいい結果につながると思っているなら、私も……喜んで協力するわ」

言うべきことは言ったが、タリーはイェイトの顔を見られなかった。自分の考えが正しいという確信はある。しかしこうして沈黙が下りると、やはり思い違いだったのではないかという気もしてきた。

「つまり、君はこう結論づけたわけだな。僕は君を愛人にする気はなかった、と」イェイトの声から刺々《とげとげ》しさが薄れ、タリーはようやく勇気を出して彼を見た。イェイトの顔はまだ険しかったが、目には温かななにかが浮かんでいる。しかしそれはすぐに消え、イェイトは冷たくきいた。「だったら、ゆうべのことは？　あれはなんだと思ったんだ？　僕は君を奪おうとしたんだぞ」

「でも、奪わなかったわ。そうでしょう？」

「ああ、そうだな」イェイトは同意した。それ以上なにも言われなかったので、タリーはほっとした。

私が抵抗しなかったことはよくわかっているはずなのに。だがイェイトは不思議なほどやさしい口調でつけ加えた。「かわいそうなタリー、君は完全に八方ふさがりなんだな。ゆうべもそうだった。君が無《む》垢《く》かどうかをきくまでもなく、気づくべきだった」

〝無垢〟という言葉を聞き、タリーは悟った。イェイトは忘れていない。盗みを働こうとした点では、私は決して〝無垢〟ではないのだ。

「君が何者なのか、僕にはさっぱりわからない」イェイトの口調に、もはややさしさはなかった。「君は自力で答えを見つけてしまったようだから、僕にはもう君を縛りつけてはおけない。今となっては君を訴えるのはほぼ不可能だ。もし告発すれば、窃盗未遂があったあとだというのに、僕が君を家族や友人に会わせ、客として家に泊めたことが法廷で明らかになってしまうから。つまり、君はもう自由なんだ。それなのに、なんだって憎い相手に恋しているふりをして茶番を続けようとするんだ？」

私は彼を憎んでいるの？　タリーにはわからなかった。昨夜、イェイトの腕に抱かれていたときには憎しみなどかけらも感じなかったけれど……タリーはあわててその思いを頭から締め出した。「あなたのご家族は私にとてもよくしてくださったわ。あなたのことは憎んでいるかもしれないけど、お母さまやジャッキーやバートは好きなの。これまでのご親切に報いるために、せめてそれくらいのことはしなくては。もしそれがバートのためになるなら」

「ああ、そうか、バートのためね」イェイトはゆっくり言った。「君の推測は正しかった。たしかに僕はキューピッドの矢が刺さったふりをしようとしていた。君がちょっとばかり協力してくれることには、なんの不都合もない。むしろ歓迎だ。バートをもう一度歩かせるためなら、なんでも試してみて損はないからね。正直にいえば、さっき家に戻ったときは君に対してあまりいい感情を抱いていなかった。あのままだったら、きっと昼食の席でそのことをみんなに知られていただろう。ありがとう、タリー。君はすすんで虎穴《こけつ》に入り、捨て身で僕に立ち向かってくれた。もっとも君の勇気を疑ったことは、これまで一度もないがね」

今のは遠まわしのほめ言葉だろうか、とタリーが悩んでいるうちに、イェイトは彼女に近づいてきてやさしくキスした。

「行こう」キスは唐突に終わった。「僕は飢えて死にそうだ。君もそうじゃないのかな」

イェイトはタリーの腰に腕をまわし、客間に連れていった。その腕の感触に嫌悪感を覚えていないことに気づき、タリーは不安を抱いた。いくらみずから協力を申し出たとはいえ、これでよかったのだろうか？

8

イェイトとバートが同席しているにもかかわらず、二人の間に緊張が感じられなかったのは今回が初めてだった。私以外にも誰か気づいているかしら、とタリーは思ったが、ミセス・ミーケムも前よりリラックスして見えた。この週末は彼女にとっても大変な負担だったのだろう。もっと野菜はどうかという勧めを断り、タリーは兄弟の母親をじっと見つめた。

「もっとよく知り合いたかったのに全然機会がなかったわね、タリー。ゆうべは時間がなかったし、朝は早起きできなかったし。バートは私によく似ているの。起き抜けはとても眠そうなのよ」

「今朝はちゃんと朝食の席に間に合ったけどね」バ

ートがからかうように言う。

「かろうじて、でしょう？」母親が言い返す。

バートに見つめられ、タリーは気まずくなった。タリーが現れたのは朝食が終わるころだった、と口にするつもりなのだろう。しかしバートの視線はタリーからイェイトに移り、兄弟はまっすぐに互いを見つめた。タリーははらはらしながら二人を見守った。朝食の席での出来事は忘れていない。だから、また同じことが起きるのではないかと心配だった。ところが、バートはふいにイェイトに笑いかけた。それから母親に向かい、〝そのとおり。ぎりぎりのところでね〟と言った。イェイトの口元がゆるみ、バートに笑い返した。

兄弟の無言の交流を目のあたりにして、タリーはおかしなくらいうれしくなった。またイェイトに目をやると、彼もこちらを見ていた。そのとき、急に太陽の光がタリーに差しこんだ。イェイトはもうほほえんでいない。ただじっとタリーを見つめている。そのうち唇が開き、まぎれもない心からの笑みが浮かんだ。タリーは胸が締めつけられる思いで、バートに言われるまで、ただにっこりと笑い返しているのにまったく気づかずにいた。

「もうそのくらいにしてくれよ、お二人さん！」

タリーははっとした。頬が染まる。

「思うに、兄さんはむきになって否定しすぎなんだよ」バートが言う。どういう意味？　最初はわからなかったが、タリーはやがて思い出した。そういえば昨夜イェイトが私を〝ダーリン〟と呼んだとき、バートは結婚行進曲がどうとか言っていた。そして、イェイトはうっかり口をすべらせただけだと答えた。

ミセス・ミーケムも息子の言葉の意味をはかりかねているようだ。「謎《なぞ》めいた話はやめてちょうだい」

しかしその口ぶりからして、かつての兄と弟はよくそういう話し方をして母親を悩ませていたに違いない、とタリーは思った。二人の仲はいずれすっかりもとどおりになるのだろうか？　ただ、それ以上考えているわけにはいかなかった。ミセス・ミーケムは息子たちを無視すると決めたらしく、ジャッキーにひと言ふた言声をかけると、タリーに注意を向けた。

「イェイトに聞いたんだけど、あなたはロンドンにお住まいなんですってね。いつからなの？」

「二年ほど前からです」それだけでは少しそっけないかと思ったので、タリーはロンドンでの住所について話し、兄と一緒に住んでいることも告げた。

「まあ、それはいいわね。ほかにご家族は？」

ミセス・ミーケムに悪気がないのはわかっている。しかしイェイトが聞いているところで、できればそういうことはきかないでほしかった。

「いません。母は四年前、義理の父は二年前に亡くなりましたから。そのとき兄が考えたんです。ロンドンに引っ越せば、仕事のチャンスも多いんじゃないかって。当時は小さな村に住んでいたんです」

「それまでは仕事をしていなかったの？」

「はい。ロンドンに来るまでは一度も」イェイトがジャッキーのグラスにワインをつごうとしている。

母親とタリーの会話には興味を失ったのだろう。

「私たち、かなり大きな家に住んでいたんです。もちろん、ここほどではありませんけど。母と義理の父は人生を楽しんでいました。ときには何週間も続けて留守にすることもあって、だから私が家の切り盛りをするようになったんです」

「でも義理のお父さまが亡くなったとき、その家を手放す決心をしたのね。なにか別なことに挑戦してみたいって思ったんでしょう？」

実際はほかに道がなかったのだが、うなずいておいた。あからさまな嘘《うそ》はつきたくないけれど、言いたくないこともある。イェイトは聞いていないようだったが、タリーはそれでも用心し、リチャードが困った立場になりそうなことは口にしないように気をつけた。「私は昔から言葉の才能に恵まれていたんです」ミセス・ミーケムがもっと聞きたがっているのに気づき、タリーは言った。「言葉を自由に操れるのって、本当にすばらしいことなんです」

話題が一般的なものになると、タリーはほっと胸を撫《な》でおろした。今夜は仕事があるから四時ごろにはロンドンに向けて出発する、とイェイトは言っていた。そんなわけで昼食後まもなく、タリーは荷物をまとめようと部屋に向かった。途中でマリアンに会い、代わりに荷造りをすると言われたが、時間はたっぷりあるからと言って申し出を断った。

なにはともあれ、もうすぐ帰れるのはやはりうれしかった。当初の予定とは大きく異なる週末になったけれど、幸いにも昨夜はイェイトとベッドをともにせずにすんだ。もっとも、タリーはそのために努力したわけではなかった。あのときの私はどうしていた？　シャンパンを飲みすぎたせいだろうか？　できればそういうことにしたかったが、無理な相談だった。酔っていようと素面《しらふ》だろうと、人は本当の自分を偽ることはできないとつねづね思っていたし、実際のところあのときはまったく酔っていなかった。

開いたドアからイェイトが入ってきた。

「荷造りならマリアンに頼めばよかったのに」

「マリアンはそう言ってくれたけど、断ったの」

「だが、君はメイドに荷造りしてもらうのに慣れているんじゃないのか」イェイトが言った。それではやはり、昼食のときのミセス・ミーケムとの話は全部聞かれていたのね、とタリーは思った。

「まあ、そうね……昔は」イェイトにはここにいてほしくない。なにを言いに来たのかも知りたくない。

「あなたはもう準備ができたの？」タリーの困惑はますますつのった。彼はなにをするでもなく、ただそこに立ち、たまたまスーツケースのいちばん上にのっていたタリーのフリルつきの下着を眺めている。タリーはすばやく昨夜のドレスを下着の上に置いた。イェイトが笑みを浮かべる。なんて人。私がとまどっているのを知っていながら。

「僕と出かけたことを、君の兄には話すのか？」

「どうかしら。なにか言わないといけないけど、兄があなたの会社で働いていることを考えれば、私がどこにいたかは知らないほうがいいと思うわ」

「ふうん」その言葉を聞いただけでも、イェイトがまだリチャードの無実を信じていないのがわかった。

「もし気が進まないのなら、僕と一緒に戻らなくてもいいんだよ」

「一緒に戻らない？」私の顔を見るのはうんざりだから？　だから一人でロンドンに帰れと？　タリーは唇をきつく結んだが、やがてそういうことではないと気づいた。イェイトのことだ、もしそう思っているなら、もっとあからさまに言うだろう。

「ふと思ったんだよ。君の兄は妹がボーイフレンドと一緒に休暇旅行に出かけていると思っているわけだから、君は説明に困るかもしれないと。だったら、今週ずっとここに滞在してもらってもかまわないよ。もしそれで君が助かるなら」

イェイトが私に救いの手を差し伸べている！　たしかにそのアイデアには、とても心をそそられた。なにしろイェイトはいなくなるのだから。でも……。

「いいえ、結構よ。リチャードに言うことはなんとか考えるから。それに私が家宝の銀器のそばにいると思ったら、きっとあなたは夜もおちおち眠れないんじゃないの？」

「僕の不眠を気遣ってくれるとは、いい心がけだ。感心したよ、タルーラ。だが今朝の君の疲れた表情からして、心配する相手を間違えているんじゃないかな」タリーの頬が熱くなった。「君の純潔をそのままにしておいたら君が泣くだろうと、僕にわかっていれば……」だったら、そのことにも気づいていたのね。この人の目はなに一つ見逃さない！「ずっと君と一緒にいたのに。でもそうしたら、君は今朝になって泣くはめになっただろう」

なんと答えればいいのだろう？　イェイトはタリーがどんなに混乱しているかよく承知している。ハワードを愛しながらも別の男性に抱かれたいと望んだことを。その話はしたくないと言って通用するならそうしたかもしれないが、あいにくそれでイェイトがやめてくれるとは思えなかった。

「そうね、でも、あなたはずっと一緒にはいなかった」タリーは挑むように言った。「よかったと思っているわ」あわててつけ加える。「お願い、私に近づかないで、イェイト。わ、わかるでしょう……つまり……」タリーは深く息を吸って、もう一度言い直した。「あなたは女性のことをよく知ってるわ。私が男性のことを知ってるよりもはるかに詳しく」それは間違いない。彼がいなくなったあと、私が泣いたことまでわかるほどなのだから。「ゆうべの私はどうかしていたわ。いったいなぜなのか、自分でもよくわからない。私は……ハワードが好きなのに」イェイトをちらりと見ると、ハワードの名前を聞いて口元をきつく結んでいる。「私はハワードに恋しているの。だからゆうべ、私が……あんなふうにふるまったのはたぶん……なにかの形でハワードと一緒にいたかったせいで、だから……」イェイトの顔に猛々《たけだけ》しい表情が浮かぶのを見て、タリーの声は次第に細くなっていった。

「だから、僕を恋人の代用品として利用しようと思ったわけだ」イェイトはふいに怒りをたぎらせ、次の瞬間すばやく動いた。あまりに急だったので、タリーは身を引くひまもなかった。腕が鋼鉄の帯のように体にからみつき、きしるような声があがった。

「だったら、これは気のない君の恋人からだと思うがいい」とめる間もなく、イェイトは荒々しくタリーの唇を奪った。

キスに喜びや快感はなかった。イェイトは両手でタリーの体をさぐり、手荒く引き寄せた。乱暴で拒絶も反応も許さず、ただひたすら奪いつづける。しかし、やがて唐突にタリーは解放された。イェイトがタリーを押しのけたからだ。彼女に触れたせいで、自分が汚されたとでもいうように。

彼の目は怒りの炎をあげ、タリーの顔は灰のように白くなった。イェイトは彼女のスーツケースを持った。「五分で下りてこい」

与えられた五分のうちの四分を、タリーは座って心を落ち着かせるのに費やした。今のはいったいなんだったの？　どうして昨夜の話になったの？　リチャードへの説明に困らないようにするために、ここに滞在するかどうかを話していたはずなのに。もうどうしていいかわからない。そもそもイェイトはなぜ私に助け船を出したの？　私の誠実さを疑っているはずでしょう？　それにさっきのキスには愛情のかけらもなく、私を憎んでいるかのようだった。親切な申し出とはまるで正反対だった。

客間にはミセス・ミーケム、ジャッキー、そしてバートが集まっていた。ミセス・ミーケムはイェイトを迎えたときと同じように、目に涙を浮かべて別れの挨拶《あいさつ》をした。タリーにも心から言葉をかけてくれた。「イェイトと一緒に来てくれてありがとう、タリー。よかったら、またいつでもいらしてね」

車がロンドンに近づくにつれ、恋人同士のふりは完全に終わった。もちろん、そうなるとは思っていたし……そうなってほしかった。タリーの罪のつぐないは、車から降ろされた時点で、貸し借りがゼロになるはずだった。

イェイトはやはり運転がうまかった。黙りこんでいるのは集中しているからだと思えなくもなかったが、実際はそうでないだろう。二人で話すことなどなにもないし、イェイトは心にもない社交辞令を言うような人ではない。タリーもそれでかまわなかった。彼女がイェイトに言いたい言葉はただ一つ、〝さようなら〟だけだったから。

あと十分でタリーのアパートメントに着くというとき、イェイトが口を開いた。「この週末は君のおかげでとても助かったよ。どうもありがとう」

礼を言われるとは思っていなかった。「いいのよ」

「君が僕をどう思っているかはわかっている。それを考えれば恋人のふりをしてもいいと言うなんて、君はとても思いやりがあった」

その点についてもたいしたことはしていない。バートの目の前でイェイトとほほえみ合いはしたが、あれは演技ではなく自然な仕草だった。

「だが、僕になにも言わずに演技することもできただろう」

「そんなことをしたら、あなたはスープにむせたんじゃないの？」タリーはそっけなく言った。「それもちょっとは考えたわ。でもあなたは私を悪い女だと思ってるし、あなたからなにかをせしめようとして、おべっかを使ってると思われたくなかったの」

「つまり、君はなにも求めていないというのか？」

この人はなにを言っているの？　私が金庫破りだと思っていたことを忘れてしまったの？　昨夜、私が喜んでキスを受け入れたことを思い出しているのだろうか？　私が謝礼でも欲しがっていると思って？　タリーは全身の血が熱くなった。

「ええ。あなたになにかを求めようなんて思っていないわ」わざとゆっくりと腕時計をはずし、イェイトの膝にぽんと落とす。「貸してくれてどうもありがとう」タリーはそれだけ言うと窓の外に目を向け、イェイトは腕時計を取りあげてポケットにしまった。

車がアパートメントの前に着いた。

「スーツケースは僕が運ぼう」

「せっかくだけど遠慮するわ。リチャードが家にいてあなたが私と一緒にいるのを見たら、ますます説明がむずかしくなるだけだもの」

イェイトが肩をすくめる。「お好きなように」

「じゃあ、さようなら」タリーは顔をこわばらせ、イェイトのそばを通り過ぎた。

「タリー」タリーの足がぴたりととまる。しかし、振り返りはしなかった。「なにか助けがいるときは……いつでも僕のところに来い。いいな？」

タリーはイェイトを無視して歩きつづけた。彼がなぜそんなことを言ったのかわからないが、できれば言わないでいてほしかった。イェイトのことは冷たく非情な男として記憶しておきたいのに、今の言葉、そして週末に目にした事柄が本当はそうではないと物語っていた。


「どうして戻ってきたんだ？」リチャードは家にいて、タリーを見るとひどく驚いた。

「話せば長くなるわ。ハワードと意見が合わなくて……でも、その話はしたくないの」

タリーのこわばった青白い顔を見て、リチャードは妹の気持ちを思いやったらしい。「わかったよ。話す気になったら話してくれればいい。さあ、座って。僕がお茶をいれるから」

リチャードが初めて見せる気遣いはその後もずっと続き、兄は一度たりともハワードの名前を口にしなかった。ただ、紅茶を運んでくると、すぐさま金曜の夜のことをきいた。

タリーは事のあらましをリチャードに語ったが、金庫に現金を戻そうとしたところになると、実際とはまったく異なる話をした。

「そのときはちょっとパニックになって。だから、お金はビニール袋ごと金庫に入れたの」

「そうなのか？」リチャードは考えこんだが、すぐに明るい顔になった。「心配いらない。僕はだらしないって評判だし、バージェスも眉を上げて嘆いてみせるくらいで、あとはなんとも思わない」

「鍵《かぎ》を落としてごめんなさい」

「それをミスター・ミーケムが見つけたっていうのが不思議だな。でも、かえって好都合だった。もしほかの誰かが見つけて会社に入りこみでもしたら、僕の首はまちがいなく飛んでいたから」

「その……ミスター・ミーケムが会社にいるかもしれないとは思わなかったの？」

「もちろん。彼がいるとわかっていて、僕がおまえを行かせたりすると思うか？」

「いいえ……そんなはずはないわ」

「おまえが会社を出てまもなくミスター・ミーケムが現れたっていうのも、すごい偶然だな。おまえがいる間じゃなくて本当によかった」

「そのとおりね」タリーは皮肉っぽく言ったが、リチャードには通じていなかった。

「ミスター・ミーケムはうちの会社のほかにもいくつか事業を手がけている。だから、いつもあっちこっち飛びまわっているんだ。たぶんあの日も出張から戻ったばかりで、あまった数時間をロンドンのオフィスでつぶそうと思ったんじゃないかな」

「そうかもしれないわね」タリーは同意した。イェイトは型破りな男性だ。ほかの誰もが仕事を終えた時間から新しい仕事に手をつけるのも、彼にとっては普通なのだろう。

月曜日、タリーは普通に起き、仕事に行くリチャードを見送った。彼女自身は休暇中なのであと一時間くらいベッドにいてもかまわなかったが、なんだか気分が落ち着かず、憂鬱《ゆううつ》でさえあったので、ここは体を動かすのがいちばんだと考えたのだった。

その日は朝から晩までかけて家じゅうをきれいに

した。どっちにしても片づけなければならなかった。二日間もリチャードを一人にしておいたせいで、アパートメントは中古品店のセールの日のようなありさまだった。しかしいくらせっせと働いても、落ち着かない気分を追い払うことはできなかった。それでもリチャードが玄関のドアに鍵を差しこむ音を聞いたときは、かろうじて明るい笑みを浮かべた。

「今日はどうだった？　いい日だった？」

「さあ、どうかな」リチャードがゆっくり言った。

「どうしたの？」兄は重々しい表情をしている。

「オーブンを消してくる。それから話を聞かせて」

キッチンに入ってオーブンを消すのにそう時間はかからなかった。しかし、リチャードのあいまいな返事が脳裏によみがえり、怖くてたまらない。金曜の夜、私はほかにもなにか証拠を残してしまったの？　リチャードはそのことで問いただされたのかしら？　タリーは不安をぐっとのみこんだ。怖がったところでどうにもなりはしない。イェイトがリチャードに復讐《ふくしゅう》を始めたとは考えられなかった。あの一件については、もう清算がすんでいるはずだ。けれど勇気をふるいおこして兄と向き合ってみると、とんでもない勘違いだとわかった。

「十一時ごろだったな、急に人事部に呼ばれたんだ」

「人事部？」

「うん。面談の希望は出してないし、いったいなんの用だろうと思ったよ。でも、とにかく急いでミスター・ペインに会いに行ったんだ。彼はとても有能でね、僕もすっかりリラックスして気楽に話ができた。最初にきかれたのは、結婚はしているかとかだった。たぶん、実際は結婚していても人事記録に記載がない場合もあるからだろうな。どっちにしても、それは話のきっかけにすぎなかったみたいで、そのあとは家族について質問されたよ。面談の時間は一時間くらいだったかな。ミスター・ペインは本気で僕に興味を持っていたみたいだ。つまり組織の歯車ではなく、人間としての僕にね。彼には本当に心を開くことができた気がしたよ。きっとそういうタイプの人なんだろう」

「だから話したのね。個人的なことを少し……」

「少しというか、かなりだ。さっきも言ったけど、ミスター・ペインは本当にあの仕事に向いているよ。退屈そうにあくびを噛《か》み殺すところなんて一度も見なかった」

「でもその人は兄さんのなにを調べたがったの？」

「ああ、普通のことだよ。今の仕事に満足しているかとか、自分に向いていると思うかとか」

ようやくわかってきた。すべてはイェイトの差し金だ。ただの偶然などではない。「それならイエスって答えたのね。ミスター・バージェスと一緒に仕事ができて満足してるって言ったんでしょう？」

「まさか！　ミスター・ペインは本当のことを知りたがっていたみたいだから、本音を言ったよ」

「本音を言った？」

「そうさ。僕ははっきり言った。オフィスに閉じこめられて、現金の出納係の仕事をしていると、死ぬほどいらいらするって」

「向こうはなんて言ったの？」

「もし自分で道を選べるなら、なにがしたいかときいてきたよ。僕はもうすっかり心を開いていたから。まあ、それがミスター・ペインの望みだったんだけど」妹がこの話をあまり快く思っていないのを見て取り、リチャードは説明した。「本当なんだ、タリー。僕は彼にワイン造りの事業のことを話した。ワイン造りを始める準備は整っていたんだと。我らが、愛する義理の父が僕の……いや、僕たちの金を使いはたしたことがわかるまでは」

「まさか……モンティのことまで話したわけじゃな

いわよね?」

「話したよ。話していけない理由はなかったから。洗いざらい全部話したさ。さっきも言っただろう。タリー、ミスター・ペインは本当に知りたがっていたんだよ」

たしかにそうだろう、とタリーは思った。そして、リチャードが話したことは一つ残らずイェイトに伝えられるはず……いや、もうすでに伝わっているかもしれない。イェイトがこの情報をどう使うつもりなのかは考えたくもないが、リチャードを疑っている以上、会社のお金にすぐ手が届く場所に置きたくないのだけは確かだった。今日のこの一件は、リチャードを現金の出納係の仕事から締め出すための第一歩だ。愛すべき愚か者のリチャードは、その罠《わな》にやすやすとはまってしまった。

二日後、タリーの疑惑は現実となった。ただし、イェイトが選んだ方法は予想外だった。

その夜リチャードがドアを開けたとき、タリーは兄の表情を読み取ろうと待ちかまえていた。しかしブリーフケースを長椅子の上にほうり投げるリチャードを見たとたん、今日がどんな日だったか知るために顔色をうかがう必要などなかった。リチャードの顔に浮かんでいたのは、文字どおりの満面の笑みだった。

「言わないで。あててみせるわ」喜びでいっぱいの兄の顔を見ると、疑念も不安も薄れていった。タリーはからかうように言った。「取締役になってくれって言われたんでしょう?」

「もっとすごいことさ」リチャードは言い返したが、あふれる感情をとうとう抑えきれなくなったらしく、タリーを抱きあげてくるくるまわした。「僕はフランスへ行く。向こうで〈ミーケムズ〉がワイン造りの事業をやっている。その一つで支配人の見習いをすることになったんだ!」

兄の話がショックで、タリーはベッドに入るころになっても落ち着かなかった。イェイトが早々にリチャードを追い出しにかかるという推測が正しかったと理解したあとでも、その行動の速さに息をのんだ。支配人の見習いは至急に必要らしく、リチャードさえよければ日曜にフランスに飛んで、月曜から仕事を始めてほしいと言われたそうだ。

「月曜！　でも、それだと……」

「僕にとっては全然早すぎないよ。どっちにしても、ぜひともそういう仕事がしたいってミスター・ペインに言った以上、引き延ばすわけにはいかない。本当にしたいことをする唯一のチャンスを棒に振るつもりはないからね」

興奮できらめく兄の目を見ると、タリーもそれ以上は反対できなかった。リチャードにしてみれば、これは千載一遇のチャンスだ。今までずっとただそれだけを望んできたのだから、きっとうまくやるに違いない。イェイトがなぜこんな手間をかけるのかについては、疑問も不安もあった。リチャードをほかの部署に異動させたほうが楽だったはずだから。けれど、とりあえずそのことは忘れ、タリーは兄の出発に心を集中した。

「それで、おまえは大丈夫だよな？」

「もちろんよ」タリーは輝くような笑みを浮かべた。兄が心配するようなことはなにもない。リチャードがいなくなればとても寂しいだろうが、タリーが結婚すれば、どのみち二人は離れ離れになるはずだった。もし結婚すれば、だが……。

「ここの家賃を一人で払えるか？」リチャードはきいたが、すぐに自分で答えを出した。「そういえばおまえは昔からやりくりがうまかったな、タリー。どんなふうにしているのか、僕にはさっぱりわからないよ」別に不思議でもなんでもない。必要に迫られればしかたない、というだけのことだ。「いずれにしろ、おまえはもうすぐハワードと結婚するんだ。その……どんな喧嘩《けんか》をしたかは聞いてないけど、そんなに深刻なものじゃないんだろう？」

「ええ」

「よかった。きっとあいつ、ロンドンに戻ったらすぐここに来ると思うよ」

「私もそう思う」

しかしその夜ベッドに入ったタリーは、ハワードのことなどまったく考えていなかった。リチャードのこともときどきしか考えず、ずっとイェイト・ミーケムを思っていた。少しは動揺したが、イェイトのことを考えるのは当然よ、と強く自分に言い聞かせた。本人に自覚があるかどうかはわからないが、イェイトは私の愛する兄に大変な恩恵を施してくれた。だから、彼のことばかり考えてしまうのだろう。

9

仕事に戻った最初の日、タリーはきれいに片づいたアパートメントに帰宅した。

その夜、リチャードは約束どおり電話をかけてきた。うれしそうな兄の声を聞いてタリーの気分も明るくなったが、残念ながらその気分はあまり長続きしなかった。リチャードの出発はあわただしかった。それが終わったアパートメントは清潔そのもので、タリーはなんだかとまどい、生まれて初めて孤独感に襲われた。イェイト・ミーケムが頭の中にそっと忍びこんでくるのを、断固として押しのける。私が寂しいのは彼がいないからじゃない。もちろん、そうよ。ばかなことは考えないで。私が恋しがっているのはリチャードなのだから。

木曜日になっても、寂しさはまだ癒《い》えなかった。ハワードはもうロンドンに戻っているはずだ。夕食の後片づけをしながら、タリーは彼に電話したいと思った。けれども結局、しないことに決めた。理由はよくわからない。やっぱりかけるべきではないの、とタリーは自問自答した。仲直りをこころみるのは私の役目ではないだろうか。なんといっても、旅行の計画をだいなしにしたのは私なのだから。それでも、なにかのせいでタリーは思いとどまった。またしても、イェイトの姿が強引にタリーの頭の中に押し入ってくる。もしかしたら、電話をしたくないのはイェイトの誘惑に激しく反応したせいかもしれない。私は罪悪感を抱いているのだろうか。

寝るまでの間、気をまぎらわせるために本でも読もうとタリーは本棚に向かい、途中で足をとめた。玄関に誰かが来た物音がする。そういえば近くに住む同僚の女の子が、もしかしたら本を借りに行くかもしれないと言っていた。リンディは近々外国語の試験を受ける予定で、目下猛勉強中だった。

しかし、戸口に立っていたのはハワードだった。いつもと同じだけど、どこかが違っている。「まあ。どうぞ入って」声をかけたタリーはハワードの口元がゆるんでいるのに初めて気づいたが、そのことはあえて考えないようにした。

「休暇は楽しかった?」タリーは尋ね、ハワードはいつも座っている椅子に腰を下ろした。

「君が一緒だったら、もっと楽しかっただろうね」

「ごめんなさい。一緒に行けなくて残念だったわ。でも、どうしても抜け出せなくて」それは本当だった。そのときふいにリンディが来るかもしれないことを思い出し、恐ろしいほどの不安にとらわれた。今リンディがここに現れ、私が先週職場にいなかったことをしゃべったら……リンディはハワードと面識があり、休暇旅行のことも知っている。休暇はどうだったかと尋ねるのは、ごく自然ななりゆきだ。

「あの……今日はなにか特別な用があって来たの?」

「君に会うのに、いちいち約束を取りつけないといけない段階は、もう過ぎたかと思っていたよ」

「ええ……もちろんそうよ。ただ、私は……今日は髪を洗おうと思っていたものだから」

「髪を洗うのは別の日でもかまわないだろう? 君に会うのは二週間ぶりなんだぞ」

「私、月曜にも家にいたけど」火曜にも水曜にもいたとタリーは思い、そこではたと気づいた。このまま続ければ、二人は口論になってしまう。

「月曜には、まだそういう気分じゃなかったんだよ。君にはひどくがっかりさせられたからね、タリー」

だから、私をやきもきさせようとしたわけ? これがほかの日なら、タリーはきっと動揺したに違いない。しかし、なぜか今日はまったく傷つかなかった。「じゃあ、今は前よりやさしい気持ちになったのね?」口論は避けたかったのでほほえんだ。

「会いたかった」ハワードが答えた。それだけでは彼女を許したのか許していないのか、まったくわからない。「僕たちは結婚したほうがいいと思う」

ハワードのプロポーズだった。冷静で、なんの感情もこもっていないプロポーズ。タリーの心は打ち砕かれた。ずっとこの言葉を聞くのを待っていたのに。ただひたすら望んでいたのに。それよりもっと驚いたのは、当惑が胸に広がったことだった。私はこの人と結婚したくない。タリーはハワードをじっと見つめた。平均的な体格の、二十八歳の男性。それでもなお、拒絶したい思いは消えなかった。希望と計画を胸に抱き、ずっとこの日を待ちこがれていたはずなのに、タリーはハワードと結婚したくなかった。彼を愛していなかったから。

「おかしな顔をしているね。どうしたんだ？　なにも驚くことではないはずだよ。二人がいずれ結婚することは、君だってよく承知していたはずだ」

ハワードをとめなければ。プロポーズは当然受け入れられる、と彼は思いこんでいる。タリーは後ろめたさを覚えた。彼がそう考えるのも無理はない。私がそういうふうに仕向けたんだもの。

「ごめんなさい」タリーはそわそわと立ちあがった。

ハワードも立ちあがった。驚いた顔に、信じられないという表情が浮かんでいた。「結婚できないわ」

「申し訳ないけど……あなたとは結婚できないわ」

ハワードも立ちあがった。驚いた顔に、信じられないという表情が浮かんでいた。「結婚できないって、どういう意味だい？　もちろん、できるさ！　僕たちがいつか結婚することははじめからわかっていただろう？　きちんとした求婚はしなかったけど、それでも君にはわかっていたはずだ」

「本当にごめんなさい。なにもかも、あなたの言うとおりよ。でも……結婚はしたくないの」

「僕が今夜まで会いに来なかったことを根に持っているんだな」ハワードは勝手な推測をした。そしてタリーが否定する間も、彼をとめる間もないうちに近づいてきて、両腕を彼女の体にまわした。「どうすれば君の機嫌が直るかは、ちゃんとわかっている」そう言ってタリーにキスする。これまで何度もしたのと同じように。けれど、今日はいつもとなにかが違っていた。ハワードが唇にキスするなんて、あってはならない行為のような気がしてならない。

タリーはいらだたしげに身を振りほどいた。

「やめて！　私はあなたを愛していない」その瞬間、暗いトンネルにまぶしい光が差しこむように、ふいに真実が見えた。ハワードの唇の感触はよく知っている。今まではそれを楽しんでいた。けれども今日は嫌悪感を覚えた。その理由がようやくわかった。私はハワードに恋していない。私が恋しているのはイェイト・ミーケム。イェイト以外の男性の腕に抱かれるのは、みだらなこととしか思えない。

「愛していない？　だって、前には愛していると言った。君は……」

「前にはそう思っていたの。でも、今は違うわ」

　ハワードが帰ってから三十分後、タリーはようやく茫然《ぼうぜん》自失の状態から覚めた。ハワードは激怒し、タリーを手ひどく非難した。気を持たせたとか、恥をかかせたとか言って。その言葉が今も頭の中をぐるぐるまわっている。たしかにハワードの言うとおりだった。でも、馬用の鞭《むち》で打たれるべきだというりだった。でも、馬用の鞭で打たれるべきだという
捨てぜりふは、あんまりだった。タリーは自分から求めてイェイトに恋したわけではない。彼に恋したなどと信じたくないけれど、その事実からは逃れようがなかった。胸が痛む。こんな痛みはこれまでになかったものだ。イェイトへの思いに比べれば、ハワードへの愛と思いこんでいた気持ちなど中途半端な生ぬるいものでしかなかった。

　もし自由に道を選べたなら、イェイトにだけは決して心を捧《ささ》げなかった。あんな人を愛したくはない、弟の婚約者とベッドに入るような人に恋するなんてありえない。タリーは自分に言い聞かせた。けれど、いくら言い聞かせても、まったく役に立たなかった。

　タリーはみじめな気持ちで立ちあがり、いつの間にか頬に流れていた涙をぬぐうと、キッチンで温かい飲み物を作った。とにかくどうにかして、この思いを頭から追い出さなければ。玄関の呼び鈴が鳴ったのはそのときだった。タリーはキッチンから出て、暖炉の上の時計に目をやった。午後九時三十分。もしかしたらリンディは徹夜で勉強するつもりなのかもしれない。そんな考えが頭をよぎった。リンディはとても急いでいるだろうと思ったので、タリーは貸すと約束した外国語の本を持って玄関に向かった。

　本を渡すときに言おうとしていた陽気な言葉は、ドアを開けた瞬間に消えうせた。戸口をふさいでい

たのは圧倒的な存在感を持つ男性――ハワードが帰って以来、ずっとタリーの心のすべてを占領していた男性だった。イェイトはタリーの全身をざっと見まわし、最後に顔に目をやって、泣いていたのを見て取ったような表情を浮かべた。

「友達がこれを借りに来たと思ったのよ」

「あいにく、その本は読んだことがないな」イェイトは本のタイトルを見て、皮肉っぽく言った。「入ってもいいかな？」

「ええ、もちろん」だめだと言うべきなのはわかっていたが、マナーを忘れていたことをさりげなく指摘されたうえ、一緒にいたい気持ちもあったので、タリーはイェイトを通した。しかし次の瞬間、この男性がなんの用もなく訪ねてくるわけがないと思い直した。「リチャード」あわてて言った。「リチャードになにかあったんじゃないわよね？」

「女ってやつは、どうしてそう早合点するのかな！

僕の知る限り、君の兄は元気でやっている」

「ああ、そうなの……」

「なぜ泣いていたんだ？」

イェイトの鋭い目は何事も見逃さない。「コーヒーをいれたところなの。あなたも一杯いかが？」一人になる時間が欲しい。キッチンで気持ちを落ち着けたい。それに、私が泣いていた理由にイェイトが本気で興味を持っているわけはない。とはいえ、なにか答えないと解放してもらえない気がする。

「いいね。さっきオフィスを出たばかりだから、コーヒー以上にありがたいものは思いつかないよ」

イェイトのコーヒーを手にしたまま、タリーはキッチンのドア口で少し足をとめた。心は落ち着いたけれど、こちらに背を向けて長椅子に座るイェイトの金髪を見ただけで、頭が混乱してしまう。イェイトが顔の向きを変え、タリーを見た。動かなければ。さもないと、ここからじっと彼を見ていたことを知られてしまう。

「毎晩、こんな時間まで仕事をしているの？」タリーはイェイトにコーヒーを渡し、それから彼の向かい側の席についた。

「まさか。しばらく留守にしていたから、ちょっとオフィスに寄って緊急の要件をいくつか片づけただけだ」

会話は終わってしまった。イェイトが訪問の理由を告げる気になるまで、話のつなぎにほかになにか言うことはないかと、タリーは考えた。彼のような人をせかしてはいけない。どうせ本人がその気になるまではしゃべらないのだから。それに、タリーはイェイトにまだ行かないでほしかった。

「あ、あの、リチャードのことだけど、本当にどうもありがとう」

「君が礼を言う必要はない」

「あら、あるわ」タリーは反論した。「あなたがあんなことをした理由はわかっているの。リチャードを現金の出納係のオフィスから追い払いたかったんでしょう？　でも、方法はほかにもあったはずだわ。リチャードがなにより望んでいた仕事をわざわざ見つけてやらなくてもよかったのに。兄はあなたがくれたフランス行きのチャンスをとても喜んで……」

「だから、君は泣いていたのか？　ここに一人でいるのが寂しいから？」

「違うわ。うれしくて泣くどころじゃないわ。もちろん、寂しいけど」タリーはほほえんだ。「私は兄の世話をすることに慣れきっていたから……」

「君はそう簡単に泣くような女じゃないだろう？」

どうやら、イェイトはタリーの涙の理由を聞かずにはいられないらしい。でも、たとえなにがあろうと、タリーは理由を話すつもりはなかった。泣いていたのはどんなに深くイェイトを愛しているかに気づいたせいだなんて、言えるわけがない。タリーはきつく唇を結んだ。

「もしかしたら君はボーイフレンドのせいでしょげているんじゃないのかな。〝たぶんね〟が〝もう二度と会わない〟の意味だとわかったから。あたっているか？」イェイトはしばらく考えたあとで言った。電話で聞いた話の内容をまだ覚えていたの？　タリーは小さく笑った。イェイトはものの見事に見当違いの推測をしている。

「実をいうと、ハワードは今夜ここに来たのよ」

「だが、長くはいなかった。休暇を取ったのにあえて仕事を選んだ君を許す気になれなかったから。そうだろう？　泣いていたのは、君のロマンスに〝終わり〟の文字が書かれたせいなのか？」

タリーはむっとした。イェイトはなにげなく話しているけれど、もし本当にその推測が正しかったとしたら、すべては彼のせいということになる。私に休暇の予定をキャンセルさせたのは、イェイトなのだから。

「参考までに言っておくと、ハワードは結婚してくれと言ったわ」私ったらなにをしているの？　怒りに任せて、こんなことを口走るなんて。「あなたに言うつもりはなかったのに」

しかし、イェイトはなおもしつこくきいた。

「君の表情からして、至高の幸せにひたりながらうれし涙にくれていたとは思えないんだがな」

「その……私は断ったの。それで……」

「断った？　君はその男を愛しているんだと思っていたが？」

「私もそう思っていたわ」タリーは話題を変えたかった。きっとイェイトはすぐにいぶかりはじめる。タリーはなぜ心変わりしたのか、と。「話はもうここまでにしない？」

「ハワードは別れをすんなり受け入れなかったんだろう？」拒絶されたハワードを気にかけているよう

には聞こえない口調だった。それどころか、タリーがしたことを全面的に支持しているように聞こえる。「ぷりぷり怒って出ていったのか？」そうきく声にはたしかにユーモアがにじんでいた。

タリーはふいに笑いそうになった。実際、ハワードはひどく怒って出ていったからだ。

「私は馬用の鞭で打たれるべきだって言ったわ」

「いかにも恋人らしい発言だ」イェイトが言う。タリーは思わず彼を見つめ、ほほえんでいるかどうかを確かめた。ほほえんではいない。けれども目に厳しい光はなく、前よりずっと親しみやすく見えた。

「そうね。でも、あなたはハワードの話をしにここに来たわけじゃないわよね？」

そう言われても、イェイトはなかなか用件を切り出さなかった。まずはコーヒーを飲みおえ、それからタリーをまっすぐ見つめてようやく口を開いた。

「今週末、〝ザ・グレインジ〟に行きたいんだ」そこでいったん言葉を切り、タリーから目をそらさずにゆっくりと続ける。「君も一緒に行かないか？」

ふと気がつくとタリーは立ちあがり、イェイトに背を向けていた。一緒に行けるわけがない。

「私……もう不始末の清算はすんだと思っていたんだけど。つまりこの前あなたと一緒に行ったことで、私のつぐないは……」声はそこでとぎれた。イェイトの声が肩のすぐ後ろから聞こえ、驚いて飛びあがりそうになる。彼はいつの間に動いたのだろう？そんな気配はなかったのに。

「そのとおりだ、タリー。だから、無理に君を連れていくつもりはない。僕はただ一緒に行ってくれるかどうかをきいているんだ」イェイトの両手がそっと肩にかかるのが感じられた。振り向いて彼と顔を合わせるのはいやだった。しかしタリーに選択権はなく、イェイトは彼女を振り返らせてじっと見つめた。「どうだい、タリー？　僕と一緒に行くか？」

そのときようやく、タリーはイェイトがなぜこんな頼みごとをしているかに気づいた。イェイトは弟の脚のことをとても気にしている。だからまた私を連れていけば、バートも安心していられると考えたに違いない。イェイトはジャッキーを未来の義妹としてしかとらえておらず、それ以上の関心はまったくないようだが、その事実は重要ではなかった。イエイトとローウィーナの情事のせいで、バートは深く傷ついたのだから。そういうことなら私は行かなければとタリーは思った。ただ、正直に認めてしまえば、バートのためではなかった。イェイトはいつも弟を守っていた、とジャッキーは言っていた。だったら、きっとイェイトは自分の思慮のない行動が原因で弟が歩けなくなったことを死ぬほど苦痛に感じているに違いない。タリーが行く理由はそこにあった。

「行くわ」イェイトの揺るぎない青い瞳をのぞきこみ、静かな声で答える。イェイトはタリーの肩に置いた手に少しだけ力をこめ、唇にやさしくキスした。

次の日の夜、イェイトがふたたびやってくるまでの間、タリーは何度も自分をののしった。私はばかだった。ノーと言うべきだったのに。バートはいずれ歩けるようになる。お医者さまがそう言ったのだから。私が行ったところでなにかが変わるわけではない。でもいくらそう言い聞かせても、そのたびにイェイトのバートへの愛情を思い出し、足をすくわれた。昼食の席でイェイトとバートが交わした微笑――あの微笑には、ローウィーナとの一件がある以前の二人の姿がはっきりと見て取れた。でも、どう考えても、なぜイェイトがローウィーナと関係を結んだのかがわからない。たしかにイェイトは女性経験が豊富な男性らしいけれど、あれほど弟思いでありながら、なぜその婚約者と?

とにかく次にイェイトに会うときは冷静で落ち着

いているのよ、とタリーは自分に言い聞かせた。なぜなら戸口にけれど、やはり役には立たなかった。イェイトがやってきた気配を感じると、会う前から鼓動が驚くほど速くなったからだ。イェイトはグレーのピンストライプのスーツを見事に着こなし、タリーはいつものようにありとあらゆる混乱した感情が胸の中で暴れるのを感じた。

イェイトと二人きりのときは話しかけられたときだけ話をしよう。タリーはそう思っていた。いつも超然としていて、決して警戒心をゆるめずにいなければ。でもそんな心づもりは絵空事で、現実味のかけらもなかった。車がロンドンを離れると、イェイトは話を始めた。そっけない会話ではあったが、以前、車の中で感じたような冷たさはまったくなかった。そんなふうに、ときには話し、ときには無言で道を進んでいくうちに、タリーの胸にははじけるような幸福感が広がり、よそよそしい態度など完全に吹き飛んでしまった。

〝ザ・グレインジ〟では、ミセス・エヴァリーが二人を出迎えた。「お食事を用意しておきましたよ。ミセス・ミーケムとミスター・バートは客間にいらっしゃいます。ミス・ジャッキーは明日までお着きにならないそうですけど」

「じゃあ、スーツケースはここに置いて、先に挨拶《あいさつ》してくるよ」イェイトは家政婦に言った。「食事は十五分後にする。それでいいかな、イーヴィ？」

「もちろんです。お荷物はお運びしておきます」

いかにも帰省らしいやりとりだとタリーは感じた。ミセス・ミーケムとバートに温かく迎えられると、幸福感はますますふくらんだ。「ジャッキーは明日まで来られない」バートは家政婦が言ったことを繰り返した。「職場で棚卸しかなにかがあるらしくてね。でも代休がもらえるから、来週末は長めに休めるんだ」

そのあとに続いた数分間の会話を聞き、タリーはうれしくてたまらなくなった。イェイトとバートが一緒にいるのを初めて見たときに感じた敵対心は、すでに過去のものとなっていた。

「そろそろ行って食事をしたほうがいいな。さもないとイーヴィのブラックリストに載ってしまう」五分ほどしてから、イェイトが言った。「先に部屋に行きたいかい、タリー？」

「そうね、手を洗いたいし……」

「じゃあ、おいで」

イェイトはタリーの腰に腕をまわした。ごく軽くではあったものの、タリーはその感触を心地よく感じた。しかし西棟に続く階段に向かおうとすると、手首をつかんで引きとめられた。

「こっちだ」その口調は冷たく、タリーの幸福感はいくらか損なわれた。顔を上げてイェイトを見ると、表情も同じように冷たくよそよそしかった。「差しつかえなければ、今回は別の部屋を使ってもらいたいんだ」

「かまわないわ」タリーの声も冷ややかになった。

イェイトは腕を下ろし、タリーは彼に連れられて主階段をのぼった。案内されたのは、以前に泊まった西棟の部屋とよく似た部屋だった。

「じゃあ、五分後に食堂で」イェイトはためらっているふうに見える。私が困惑をあらわにしているせいではありませんように。タリーは心の底からそう願った。「ここで問題ないかな？」

「ええ、もちろん」

「よかった」イェイトは短く言い、去っていった。

私はなんて愚かなの！　イェイトの態度に個人的な親しみなどまったくうかがえなかった。タリーのアパートメントを訪ねてきて以来、イェイトは二人の間に個人的な感情が入らないようにしておくために苦心しているようだ。タリーを自分からできるだけ離れた部屋に泊めるという事実だけでも、それがはっきりわかる。私は西棟に行くのを楽しみにしていたのに。彼が近くにいると思うだけでじゅうぶんだったのに。タリーは完全に打ちのめされた。イェイトは私を好きではない。信じてもいない。私の〝手癖の悪さ〟に目をつぶってこの家に連れてきたのは、バートのため。それ以外にはなにもない。

決して泣くまいと心に決め、タリーはバスルームに行って手を洗った。冷静で落ち着いていようという決意は、今度は揺るがないだろう。そう思いながら部屋を出て、食堂に向かう。たとえ一瞬でも、イェイトが私を好きになりかけていると思うなんて、夢の世界のたわごとよ。彼は私を利用しているだけなのに。つらい事実とわきあがるプライドで、タリーは心を守ろうとした。

食事が進むにつれ、イェイトもタリーの態度の変化に気づいたらしかった。タリーがナプキンを床に落とし、二人がそれを拾おうとしたとき、イェイトはわずかに眉を上げていた。もしかしたら二人の手が触れ合うかもしれない。そうなればあの危険な切望が――イェイトだけが呼び覚ませる切望が、はじけてしまうかもしれない。不安のあまり、タリーはひったくるようにナプキンを拾い、その勢いでテーブルに手をぶつけてしまった。

「怪我《けが》はないかい？」

「え、ええ」

イェイトはじっとこちらを見つめている。そのとき、タリーは急に気づいた。イェイトになんの関心もないとはっきり見せて名誉を回復したからには、ここで腹をたてていると思われてはいけない。もしかしたらイェイトは、違う部屋に泊まれと言われて以来、タリーの態度が急にぎこちなくなったと考えはじめているかもしれないのだから。ここは流れを変えなくては。

「今週は忙しかったの?」明るい声できくと、イェイトがちらりと見た。この女はひと呼吸ごとに人格が変わるとでも思っているのだろう。

「それなりにね。さあ、客間に行こうか?」

ミセス・ミーケムやバートと一緒になると、イェイトを警戒する必要性は薄れていった。タリーはここでイェイトの恋人を演じているわけだから、すべては演技だと彼は思ってくれるだろう。バートへの遠慮も少なくなった。ミセス・ミーケムにいくつの言語に堪能《たんのう》なのときかれ、四つだと答えると、バートはインテリだなと言ってタリーをからかった。

「そんなんじゃないわ」タリーは異議を唱えた。「ほかの科目では合格点を取るのにすごく苦労したもの。すんなり取れたのは語学だけだったのよ」

「だったら、証明する方法があるよ。チェスをやろう。そして僕を勝たせてくれ」バートは言った。「前はイェイトに頼んでいたんだけどね。兄さんが相手だと、いつもこっちがこてんぱんにやられてしまうんだ。君、チェスはできるよね?」

「ええ。モンティとしていたから」

「モンティ?」バートはイェイトを見た。

「タリーの義理の父親だよ」イェイトが言った。

やはり人事部のミスター・ペインは、リチャードに聞いた話を全部イェイトに伝えていたんだわ。なぜなら、この部屋にいる人々の前でモンティの名前を口にしたのは今日が初めてなのだから。イェイトの方をちらりと見るとちょうど目が合い、二人はそのまま見つめ合った。イェイトは私が考えていることを察している、とタリーは確信したが、結局先に目をそらしてしまった。

チェスはバートの勝利に終わった。たとえタリーがゲームに集中しても、勝負の結果は同じだっただろう。実際、どう考えても彼女の注意力はゲームに向いていなかった。タリーはつねにイェイトとミセス・ミーケムが交わす会話を意識し、イェイトがときおりこちらに向ける視線を意識していた。それでもイェイトを見て、その視線の意味を推しはかろうとはしなかった。

「あなたは私の手には負えないわ」タリーは言い、降参の意味をこめてキングの駒《こま》を倒した。

「挽回《ばんかい》のチャンスをあげようか？」バートが腕時計を見る。「もうこんな時間なのか？　だったら、そろそろベッドに入らないといけないな。美容のためにはたっぷり眠らないと」

「それなら、ずっとベッドから出なければよかったわ」バートが気を悪くしないのはわかっていたので、タリーはちょっとからかってみた。

バートが大声で笑う。「聞いたか、イェイト……この女性を扱うのは大ごとだ」

「それはどうかな」イェイトは楽しげに言い、のんびり歩いてきてタリーの肩に軽く腕をまわした。「差しつかえなければ、そろそろ休みたいのだけれど」

「じゃあ、階段の下まで送ろう」イェイトが言った。

なぜわざわざそんなことを、とタリーは思ったが、その理由はやがてわかった。もしこの部屋でおやすみの挨拶をすれば、少なくとも頬へのキスくらいはしなければならないからだろう。

タリーは立ちあがり、ミセス・ミーケムとバートにおやすみなさいと言った。イェイトは本当に階段の下までタリーを送った。タリーは向きを変え、すばやくおやすみなさいと言おうとした。そして、さっさと立ち去るつもりだった。

「ありがとう」イェイトが意外な言葉を口にした。

「なにに対して？」なぜ礼を言われるのか、タリーにはわからなかった。「ああ、そうね、あなたと一緒にここに来たことにね。それは……」

「いや、それだけじゃない。バートにあんなに自然に接してくれたことにも感謝している。ジャッキーが言っていたが、たいていの人たちは車椅子の者を特別な人間のように扱うらしい。でも、君の気遣いはそれ以上だった」

いったいなんと言えばいいの？　タリーは夜じゅうずっとイエイトに気持ちを悟られまいと必死になっていたのに、今イエイトの目はバートの苦痛は彼の苦痛だと物語っている。どうすることもできない感情にとらわれて、タリーは衝動的に背伸びをしてイエイトの唇にやさしくキスした。

次の瞬間、パニックに陥った。私はなにをしたの？　イエイトの両手が彼女の腕を強くつかむ。タリーは身をよじって逃げ出し、飛ぶように階段を駆けあがった。胸の動悸《どうき》が治まらない。しかし、それは走ったせいではなかった。ようやく無事に部屋に入ると、ドアの内側から鍵《かぎ》をかけた。理由はよくわからない。イエイトは追ってはこないのに。

10

予想に反して、タリーはその夜ぐっすり眠った。

翌朝ベッドを出ると、窓辺に行った。よく手入れされた庭の向こうには牧草地が広がっている。この週末を完璧《かんぺき》にしたい、一生忘れられない思い出にしたい、とタリーは望んでいた。昨夜タリーと二人でいるときのイエイトは、とてもよそよそしかった。もちろんそれで当然だし、私も今後は彼にならうつもりでいる。本当の気持ちを決して感づかれてはならない。それでもやはり、イエイトが好意のかけらも持ってくれないと思うと悲しくてならなかった。チェスが終わったとき、イエイトはタリーの肩に腕をまわした。でも、それはバートがいたからにすぎない。そこでタリーはあることを思い出した。目が覚めた瞬間からずっと忘れようとしてきたけれど、彼にキスをするなんて、どうしてあんな愚かなまねができたの？

キスのことをくよくよ考えたくはなかったので、タリーは急いでバスルームに行った。それから二十五分後、体にぴったりしたTシャツとジーンズを身につけ、朝食用の部屋に向かった。今日の予定はなにも聞かされていないが、イェイトに計画があるなら急いで部屋に戻って着替えればいい。計画がないのなら、一人で散歩に行くつもりだった。小さなため息がもれる。こんなに彼が好きなのに。彼が提案することなら、なんでも喜んでつき合うのに。タリーは深呼吸を一つしてから、朝食用の部屋のドアを開けた。しかし、深呼吸の必要はまったくなかった。さっと目をやると、いるのはバートだけだった。

「そんなにがっかりした顔をするなよ」バートが明るく言う。イェイトに会うのを期待していたのがそんなにはっきりわかったのかしら、とタリーは思った。それなら、今後はもっときちんと感情をコントロールしなければ。「でも、気持ちはわかるよ。ジャッキーがいないとき、僕も同じようになるから」

バートは理解を示してくれた。タリーは思わず秘密を打ち明けたくなったけれど、もちろんそうするわけにはいかなかった。「兄はもう食事をすませたんだ。なんだかやけにいそいそとどこかに出かけていった。だから、今朝は僕につき合ってくれないか。そうすれば、お互いの伴侶《はんりよ》が現れるまでなぐさめ合える」バートがまたからかい、タリーはほほえんで腰を下ろした。イェイトが本当に自分の伴侶だったらいいのに、と心から願いながら。

「午前中はなにか予定があったのかな？」

「わからないわ。もしかしたらイェイトが……」

「望むところに君を連れていく？　それはぜひ見て

みたいな」バートは意地の悪いことを言ったが、すぐ真顔になった。「僕は農場に用がある。イェイトも地所を見まわりたいと言っていたし……君さえよければ、ジャッキーが来たらみんなで出かけよう」

「すてきね」そのとき、背後のドアから誰かが入ってきた。メイドがようすを見に来ただけかもしれないのに、なぜかタリーは振り向く前からそうではないとわかっていた。

「おはよう、タリー」イェイトが笑いかけてくる。タリーは昨夜の衝動的なキスを思い出し、頬を真っ赤に染めた。イェイトは目を輝かせ、タリーの唇に短くキスした。このキスはバートに見せるためだとわかっていても、イェイトが次に口にした言葉を聞いて、タリーの頬はますます赤くなった。「これで借りは返したよ」

イェイトを見るに見られず、タリーはバートの方に視線をやった。きまり悪そうにしていると思ったのに予想ははずれ、彼はいかにもうれしそうだった。

「僕はもう行くよ」車椅子を操ってテーブルを離れながら言う。「じゃあ、またあとで」

イェイトはもう食事を終えたという話だったのに、バートがいなくなってもタリーを一人で残して立ち去ろうとはしなかった。椅子の一つに腰を下ろし、所在なげに指でテーブルをたたいている。

タリーはまるで魅入られたように、イェイトの長い指を見つめていた。あたりの空気が張りつめる。それは私だけかしら、とタリーはふと思った。イェイトが指でテーブルをたたく仕草にも、どこか落着かない感じがある……でもそんなはずはない。こんなに気持ちが乱れていなければ、声をあげて笑ってしまうところだ。イェイトが緊張する？　まさか、ありえない。彼ほど冷静沈着な人はいないのだから。

イェイトの指がとまった。タリーは顔を上げ、イェイトの青い瞳を見つめた。「話がある、タリー」

「え、ええ、イェイト」イェイトはとても真剣だ。タリーの心臓は早鐘を打った。

「僕は……」イェイトは口を開いたが、先を続ける前にドアが開き、家政婦が現れた。

室内に漂う緊張感をミセス・エヴァリーが感じ取ったかどうかはわからない。だがイェイトの眉間《みけん》に刻まれた深いしわを見てまずいときに入ってきたと悟ったのだろう、すまなそうに言った。「シュトゥットガルトからお電話です、ミスター・イェイト」

だが彼は動こうとしない。「緊急の要件のようで」

「わかった」イェイトは表情をやわらげ、家政婦の不安げな顔を見つめた。「電話は書斎で取る」

「では、そちらにまわします」それだけ言うと、ミセス・エヴァリーはあわただしく出ていった。

「行って、なにがそんなに緊急なのか確かめたほうがよさそうだ。だが消えないでくれよ、タリー。どこか場所を見つけて、二人だけで話がしたい」

イェイトがいなくなってもタリーは凍りついたように動くことができず、なぜ彼が話をしたがるのかさまざまな可能性を考えた。先ほどの表情からして、まじめな話なのは間違いない。最初に頭に浮かんだのはリチャードのことだったが、すぐに退けた。いいえ、違う。兄は新しい仕事を始めた日に電話してきて、なにもかも最高だと言っていた。あれだけ仕事に打ちこんでいるなら、愚かなまねをして職を失う危険を冒すわけがなかった。次はバートのことを考えた。しかし、イェイトがタリーにバートの話をしたがる理由が思いつかなかった。

やがて食後の後片づけのために、マリアンがやってきた。そのとき初めて、タリーは自分が家事の妨げになっているのに気づいた。「すみません」内気なマリアンはドアのところでためらいがちに言った。

「私、てっきり……」

「いいのよ、マリアン。さあ、入って。ちょうど出ていくところだったから」

タリーは廊下を進み、書斎のそばで足をとめた。イェイトの断固とした声が聞こえる。あの口調からして、まだしばらく電話は終わらないだろう。消えるなとは言われたけれど、朝食用の部屋で待つわけにはいかない。それなら残る選択肢は一つ——客間に行こう。

イェイトがなにを話すつもりなのかなおも考えながら、タリーは客間のドアを開けた。それから足をとめ、目を大きく見開いた。みるみる顔に笑みが広がる。なぜなら……長椅子のそばの、車椅子から数歩離れたところにバートが立っていたのだ。意気揚々とした得意顔で。でもどこか、心もとなげでもあった。まるで、今起きたことが信じられないといった感じだ。バートはタリーを見つめた。

「歩いたんだ」そう言って、次に叫んだ。「僕は四歩、歩いた！」けれど、そのあとは気持ちがぐらついたのか、バランスを崩した。

タリーは稲妻のように飛び出し、ふらつくバートを支えようとした。バートはイェイトほど大柄でも長身でもなかったものの、それでも体重はかなりあった。タリーは息ができなくなり、二人はもつれるようにして長椅子に倒れこんだ。

「怪我《けが》はない？」

「そんなこと、どうだっていい。歩いたんだよ、タリー。僕は歩いたんだ！」

「まあ、バート！」喜びにあふれるバートを見て、タリーの目に涙がこみあげてきた。イェイトが現れたのは、まさにその瞬間だった。けれど、タリーは気づいていなかった。だから、イェイトの目にどんな光景が映っているかもわからなかった。バートがタリーの体に両腕をまわし、なかば覆いかぶさるように横たわっていることが。「ああ、バートったら」タリーはやさしく言い、限りない喜びの気持ちで、そしてバートの頬がすぐそばにあったので、彼にキスをした。兄のリチャードにするようなキスだった。

ドアの方から物音が聞こえ、二人はそちらに顔を向けた。タリーはすぐさまうれしいニュースをイェイトに伝えようとしたが、バートの口から伝えるべきだと思い直した。このニュースを聞けば、イェイトの顔にいつも浮かんでいる石のように冷たい表情も消えるに違いない。それが見たかった。しかし、イェイトは石のような表情などしていなかった。猛烈に怒り、顔色が変わっている……傷ついているようにも見えた。

「イェイト！」バートは声をかけたが、その言葉は誰もいない場所にむなしく響いた。なぜならイェイトがさっと向きを変え、姿を消したからだ。

「なんなの……」タリーは言った。

バートもタリーに劣らず困惑しているようだった。ところが一瞬ののち、驚くほど力強い両腕を使ってタリーから離れると、ドアのそばから自分たちがどう見えていたかに気づいた。

「そうか！　なんてことだ！　違うのに！」

「なにが？」タリーは身をよじってバートの下から抜け出し、絨毯《じゅうたん》の上に座った。「いったいなに？」

「歴史は繰り返すだ……ちょっとばかりひねりを加えてね。なにも驚くようなことじゃない」バートはふいにうれしそうな顔になった。「そうとも。僕はなんてばかだったんだ。もっとも、あの過保護な兄は僕よりもっとばかだった気がするけどね」

人を混乱させることにかけてはイェイトの右に出る者はいないとタリーは思っていたが、どうやらバートも彼といい勝負らしい。

「すまないが、車椅子をここまで持ってきてくれないか。イェイトに会いに行かないと」

タリーは立ちあがった。ちょうど車椅子に手をかけたとき、イェイトが憤然とした足取りで窓のそばを通り過ぎるのが見えた。「イェイトは出かけたみたい。今、窓のそばを通ったわ」

「ガレージの方に行ったんじゃないよね？」

「ええ……違うと思う」タリーはバートの代わりに窓から確かめた。「牧草地の方に行ったわ」

「よかった」バートはほっとため息をついた。「とりあえず、車を運転する気はないってことだな」

「どういうことなの、バート？」

「わからないのか？」バートは質問に質問で返し、タリーがなにもわかっていないのを見て取ると、なだめるように言った。「心配いらないよ、タリー。恐ろしいことはなにも起きていないから」

「でも……」

「いい子だから、そんなに不安がらないで。以前、この家であることが起こった。でも、イェイトは君にはその話をしないと決めた。賢明な判断かどうかはわからないけどね」バートはタリーを笑わせようとしていた。「イェイトの決定に逆らおうなんて気はこれっぽっちもないけど、兄は頭を診てもらった方がいいかもしれない。僕にこんなふうな思いをさせて……」言葉がとぎれる。「さあ、元気を出すんだ、タリー。いずれすべてがうまくいく」

やがてジャッキーが到着した。しかしイェイトはいなくなってしまったし、バートはどこに行くより先にイェイトに会いたいと言っている。地所を見まわる話はなくなったと思い、タリーは部屋に戻ることにした。一人になって考えれば、答えを見つけられるかもしれない。

一時間後、思いついた答えはどれも気にいらなかった。長椅子の上でからみ合うタリーとバートの姿をイェイトが見たのは間違いない。バートが歩いたのを知らないのだから無理もないけれど、それにしてもどうしてあんなに怒っていたのだろう？　しかしイェイトがなにを考えたかに気づいて、タリーは胸が悪くなった。イェイトが目にしたものを嫌悪したのは明らかだった。あんなに怒っていたのは、私がバートを誘惑したと考えたからだ。〝ザ・グレインジ〟はイェイトのものだが、バートも財産の半分を父親から受け継いでいる。だから、イェイトはこう思ったに違いない。楽にお金を手に入れようとして一度は失敗した女が、今度はバートを追いまわし、取れるものを取ろうとしている、と。

荷物をまとめて帰ったほうがいいかもしれない。これ以上は耐えられない。決して愛してもらえないと知りながら、イェイトを愛しているなんて。恋人のふりをしていればせめて彼が今持っている私のイメージを払拭《ふっしょく》し、もっといいイメージを持ってくれるかもしれないと願っているなんて。

タリーはスーツケースを下ろして荷造りを始めようとしたが、ぴたりと動きをとめた。自分の弱さが憎い。こんなに弱くなったのはイェイトを愛したせいだ。イェイトへの愛は傷ついたプライドを押しのけ、こう訴えている。こんなふうに立ち去るわけにはいかない。その前に身の証《あかし》を立てなくては。もちろん、信じてはもらえないだろう。それでも、タリーは心を決めた。イェイトと向き合うのは彼への義務であると同時に、自分自身への義務でもある。タリーはこれまで決してなにかから逃げたことはない。だから、今度も逃げたりしない。

タリーは部屋を出た。たぶんイェイトはまだ戻っていないだろうけれど、客間に座って彼が窓のそばを通るのを待つつもりだった。

ところが玄関を通りかかったとき、イェイトが弟と一緒にいるのが見えた。バートはタリーを励ますようにほほえんだが、イェイトは無視を決めこんだ。

「書斎に行こう」険しい顔で言い放つと、イェイトはさっさとその場を去り、バートもあとを追った。

書斎のドアが閉まる。タリーの足はいつの間にか西棟に続く階段の方に向かっていた。無意識のうちに階段をのぼり、どうやってそこまで来たのかもよくわからないまま、気がついたときには居間にいた。かつて使っていた寝室のドアを開けると、化粧台の上にイェイトのヘアブラシがあり、彼が昨夜ここで眠ったことがわかった。静かにドアを閉めて居間に戻り、長椅子に座りこむ。

すぐに出ていくつもりだった。出ていかなければならない。イェイトが現れる前に。けれどもイェイトが望んでいたように二人きりで話をするとしたら、たぶんここがもっとも適している。タリーの口の端に乾いた笑みが浮かんだ。どうせもう話なんてありはしないのに。さっきのイェイトの表情と私を避ける態度からして、私に言いたいことなんてなにもないに決まっている。タリーはそわそわと立ちあがり、窓辺に行って見るとはなしに外を見た。やっぱり荷物をまとめて出ていったほうがいい。バートは四歩も歩いたし、普通に歩けるようになるのも近いはず。だいたい、私はここでなにを待っているの？　バートは今朝の出来事のすべてを兄に話すだろう。そして歩いたことを告げれば、イェイトが目にした光景に意味はなくなる。バートが〝歴史は繰り返す〟と言った意味はまだわからないけれど……きっと兄と弟だけがわかる事柄に違いない。

そのとき、窓の下でなにかが動いた。ジャッキーとバートだ。

頭はせわしく働いていたものの、西棟はとても静かで平和だったので、タリーは時間の感覚を完全になくしていた。バートがあそこにいるのなら、イェイトも書斎を出たに違いない。ああ、なんてこと！

タリーはすばやく向きを変え、急いで部屋を出ようとした。けれど次の瞬間、彼女の目は大きく見開かれ、呼吸がとまってあえぎ声がもれた。たぶんタリーがもの思いにふけっている間に静かに入ってきたのだろう、目の前にはイェイトが立っていた。

「私……」タリーは必死になって言葉をさがした。「私……もう行かなくては」イェイトのいる方に歩き出したものの、彼がドアの前からどこうとしないので足をとめるしかなかった。イェイトは危険な表情を浮かべている。これで彼の手の届く範囲に入るのは危険すぎる。イェイトが一歩前に出ると、タリーは二歩後ろに下がった。

「この動きを音楽に合わせれば、新しいダンスができただろうな」なめらかな声で言い、イェイトはまた一歩進み出た。タリーはまた後ろに下がった。

「行かせて、イェイト」

「僕の部屋に君を招待した覚えはないんだが。せっかく来てくれたんだ、僕の質問に答えるまではどこにも行かせない」

「バ、バートが説明したはずでは……」

「君が弟の腕に抱かれていたことや、二人がべったりくっついてうれしそうだったことについてか？ ああ、説明されたよ」

バートが説明したのなら、なぜイェイトは険しい顔をしているのだろう？「バートが歩けたのに、うれしくないの？ あなたは喜ぶと思ったのに」

「もちろんうれしいさ。君には想像もつかないほど喜んでいる。一年近くもこの日を待っていたんだ」

「だ、だったら、どうしてそんな怖い顔をしているの？」タリーがドアを見やると、イェイトはまた一歩前に進んだ。タリーは後ろに下がろうにも、長椅子がじゃまして下がれなかった。

「僕は怖い顔をしているかい？」イェイトがさらに一歩進み出る。「だとしたら、それはまだ君と話をしていないからだよ、タリー。そしてその話し合いの結果がどうなるか、わからないせいだろう」

「ああ」まただわ。イェイトの前だと、私はすっかり混乱してしまう。「あなた、まさか、私が……バートの気を引こうとしていたなんて考えていないわよね?」きっとそうなのだ。おそらくイェイトは、今朝よりも前から私がバートを狙《ねら》っていると想像して、そのことについて話したがっていたに違いない。バートが転びかけ、私が支えようとしたことをどう説明されたとしても、イェイトとしては私が偶然の出来事を利用したと信じずにはいられないのだろう。

「バートが言ったことは本当よ」だんだん腹がたってきた。「私が支えなければ、彼は転んでいたわ」

「だから君はキスせずにいられなくて〝バートったら〟などと言わずにいられなかったんだろうな」

もしイェイトが相手でなければ、タリーはきっとこう思ったに違いない。兄は弟がまた歩けるようになったことを喜びながらも、今朝の光景を思い出すとやはり激しい嫉妬《しっと》に駆られてしまうのではないか、と。でも、そんなのはお笑いぐさだ。イェイトが嫉妬だなんて。もしそうなら、今日は緑の雪が降るだろう。

「ええ、そのとおりよ。あなたはあの場にいなかったから、倒れかける直前のバートの顔を見ていない。まばゆいばかりの表情というのが本当にあるなら、あれがまさにそうだったわ。でもそのうちバートの気持ちが揺らいで、私がすんでのところで受けとめたの。ただそれだけのことよ。実の兄を抱きしめていたのとなにも変わらないわ。あんまりうれしかったから、衝動的にキスしてしまったの」

「つまり、君はバートには興味がない。妹のような気持ち以外持っていない、と言うんだな」

タリーは口を閉ざしていた。やはり思ったとおりだった。タリーは悔しさに傷ついていた。こんなことなら、さっさと荷物をまとめて帰ればよかった。

「私、帰るわ。バートはもう歩ける。だったら、これ以上私がここにいる必要はないでしょう」タリーはイェイトのそばを通り過ぎてドアに向かおうとした。まさか引きとめられはしないだろうと思ったが、イェイトのそばにも行かないうちに彼の手が伸びてきた。

「だったら、僕たちの話し合いはどうする？」

「い、今のがそうじゃなかったの？」

「今のは……」イェイトは意味ありげに言った。「ささいな問題をいくつか片づけただけさ。本題はこれからだ。座ったほうが楽じゃないかな？」

長椅子に腰を下ろしたタリーは、たしかにほっとした。しかしイェイトが隣ではなく、どこかほかの場所に座ってくれたらもっとよかったのに。長椅子は決して小さくないのに、イェイトがこんなに近くにいるとなぜか小さい気がしてならない。タリーはバートに興味がない、という事実ははっきりさせた。けれどイェイトが彼女を信じているのかどうか、なにを話したがっているのかがあいまいなままでは、これからなにが待ち受けているのかわからなかった。

イェイトは相変わらず険しい顔をしている。とはいえ、先ほどの言葉——話し合いの結果がどうなるかわからないという言葉を、タリーはうのみにしてはいなかった。イェイト・ミーケムという男性は、つねにすべてを計画どおりに運ぼうとする人だから。

「少なくとも、今のあなたは玄関で私を無視したときほど敵意を持ってはいないみたいね」沈黙に耐えかねて口にした言葉だった。言ったとたん、言わなければよかったと思った。イェイトの氷のようなまなざしに動じていることが、わかってしまった。

「あのとき僕は、バートが君を愛していると言うと思っていた。君もバートを愛していて、二人は結婚すると言うと思っていたんだよ」

タリーは信じられないという目でイェイトを見つめた。どうやら、彼はバートとジャッキーが愛し合っていることを忘れていたらしい。「そんなことを思っていたの？」やっぱりそうだったのだ。イェイトは私とバートのことをそんなふうに思っていた。

「それはおもしろくない話ね、イェイト、そうでしょう?」

「おもしろくないなんてもんじゃない。死ぬほどおぞましい」

タリーは立ちあがった。イェイトは彼女のプライドを完膚なきまでに踏みにじってくれた。もうたくさんだ。「あなたなんか地獄へ落ちればいいのよ!」

タリーはかすれた声で言い、ドアに向かおうとした。あと十分もすれば、ここから離れられる。

しかし、そう思ったのもつかの間だった。いくら必死にイェイトから逃れようとしても、彼はタリーをしっかりつかんで放さず、気づいてみればまた長椅子に引き戻されていた。さらにいまいましいことには、イェイトは彼女の肩に腕までまわしていた。

「僕が地獄に落ちるかどうかはあとのお楽しみだ。だが、これだけは間違えないでくれ。この話が終わるまでは、僕たちはどちらもどこへも行かない」

タリーはすっかり打ちのめされ、答えるどころではなかった。逃げる努力はした。でもだめだった。タリーの勘が正しければ、イェイトはすぐにも話を始めるだろう。タリーの望みはただ一つ、わずかに残ったプライドのかけらをかき集め、最後まで耐え抜くことだけだった。

「じゃあ、教えてもらおうか」タリーが腕の中から逃げようとしないので、イェイトは満足げな、ひどくうちとけた声で言った。「僕たちが初めて会った夜、君はあのオフィスで本当はなにをしていたんだ?」

11

タリーの頭の中で警報が鳴り響いた。あの一件はすべて片づいたと思っていたのに、イェイトはまた蒸し返そうとしている。兄を守るため、もう一度闘わなければならないのだろうか。

「教えてくれ、タリー」イェイトが促した。

「もう知っているはずよ。わ、私がなにをしていたかなんて」パニックに陥ってはいけない。「あなたはあの場にいて、私を見たんだもの」

「いや。僕が知っているのは、自分の目がなにを見たと思っているかだけだ。きいているのは、君が本当はなにをしていたかだよ」

嘘《うそ》をつかなければならないのはわかっていたし、もちろんそうするつもりだった。イェイトは私を嫌っている。だから、嘘をついてもいい。でもリチャードは……。タリーは口を開き、嘘を繰り返そうとした。けれどイェイトの青い瞳を見つめると、声が出なくなった。不思議なことに彼の目にもはや険しい光はなく、なにかを訴えているように見えた。僕を信じてくれ、真実を話してくれ、と。

「私は……」タリーは話そうとした。しかし、うまくいかなかった。イェイトに嘘はつけない。たとえ兄の人生がかかっていようとも。タリーは顔をそむけ、イェイトに見られなければ声も普通に戻るだろうと思った。けれど、そうはならなかった。

イェイトがタリーの表情からなにを読み取ったのかはわからない。しかし、肩にまわされた彼の腕に力がこもった。「兄弟への愛は、僕たちが思っている以上に強い。ただ、それがわかるのはその愛が試されたときだけどね」

〝兄弟〟という言葉を聞き、タリーがびくっとしたのをイェイトは感じ取ったに違いない。そして、自分の推測が正しいことを悟ったようだ。

「話してくれないか、タリー？」

しばらくたっても、タリーは相変わらず黙りこくっていた。すると信じがたいことに、イェイトが突然話を始めた。彼が予想どおりの行動をとることはめったにないとわかっていたけれど、今回の心境の変化にはさすがにタリーも驚いた。

「僕がバートに抱いている愛情は、一年前に手ひどく試された。もし我慢して聞いてくれるなら、どうしてそんなことになったのかを話したい」

話は、タリーがリチャードのことなどすっかり忘れてしまうような内容だった。

「バートの事故が起きる一年ほど前のことだ。この家があと何百年もつかと考えた僕は、不便をこうむることにはなるが修繕をしなければならないと判断した。母は静かで穏やかな生活を好んでいるから、つい先延ばしにして限界まできていたんだよ。だから建築家や建設業者に相談したあと、母とバートにもうこれ以上は待てないと告げた。修繕工事のあいだ、家族とイーヴィが住む家はすでに見つけてあった。だが最後の最後で、建設業者が家にやってくる日になって、母が言い出したんだ。やっぱりここを離れるのは無理だと。するとバートも、自分も出ていかないと言った。地所の管理はバートがしているから、借地人たちが早急に連絡を取る必要に迫られた場合に備えて、近くにいるべきだと考えたんだよ。だが作業が始まれば、家の中は落ち着かなくなる。母にそんな苦痛を強いるのはいやだった。でも母は頑固に出ていかないと言い張るし、家のほうはこのままにしておけない状態で、それ以上僕にできることはなにもなかった」

タリーはイェイトの視線を感じ、彼の方に顔を向けた。

「つまらない話を長々としてすまない。だが、ここから始めないと話の要点がわからないだろう。最初から順序立てて話していけば、僕が思ったほどひどい悪党ではないと、君にもわかってもらえるかもしれないから」

すでに速くなっていたタリーの鼓動は、その言葉のせいでさらに速まった。タリーはイェイトから顔をそむけた。

「作業は何年にも思えるほど長く続いた。ある週末、僕はここに帰ってきた。その週、僕は会社を乗っ取ろうとちょっかいを出してきた連中と闘って過ごし、金曜の夜にまたここに戻ってきたんだ。着いたのはかなり遅い時間で疲れきっていたから、すぐベッドに入りたかった。ただ、僕は知らなかったんだ」イェイトの声が刺々《とげとげ》しくなった。「その週末、ローウィーナが泊まりに来ていたことを。そして家の三箇所が工事中だから寝室が足りなくて、僕が前の週に使った寝室を彼女が使っていたことを」

タリーの心臓は三十秒ほども激しく打った。ベッドにローウィーナがいたと言ったときの、イェイトの口調ときたら。その瞬間、タリーはふいに真実に気づいた。イェイトは決して弟の婚約者を誘惑したりしなかったのだと。イェイトにもそう告げたかった。そして彼の声から刺々しい響きを消したかった。でもできなかった。そんなことをすれば、私がどれだけ深くイェイトを思っているか悟られてしまう。

「僕が入っていったとき、部屋には誰もいなかった。だからすぐにベッドに行き、たぶん一分もしないうちに眠りこんだ。次に気づいたのは、ベッドに誰かが入ってきたときだった。僕は体を起こし、ベッド脇《わき》のランプをつけた。その瞬間だったよ、ドアが開いて部屋の明かりがついたのは。ドア口にはバートがいた。まるで騾馬《らば》に腹を蹴《け》られたような顔をしていた。弟の視線の先を追うと、そこにはローウィーナがいた。僕と同じベッドの中に、今にも満足げに喉を鳴らしそうな顔で」

「ああ、イェイト。でも、あなたは説明したんでしょう？　ローウィーナが……」

「なにか言うチャンスなんてなかった。婚約者の言葉を聞いて、弟はすっかり動揺していたからね。ローウィーナは言ったんだ。僕たちは何週間も前から愛し合っていた、バートを傷つけたくはなかったが、僕が彼女を抱こうとしたからどうしようもなかったと。この女は有無を言わさずたたき出そう。僕はそう思った。だがバートを見ると、弟はローウィーナの言葉を真に受けてその重みにつぶされそうになっていた。そのとき、わかったんだ。バートにはローウィーナがすべてなのだと。だとしたら、僕になにが言える？　弟はあの女を愛していた。ローウィーナが言うとおり、僕が裏切り者になればバートの幻想もいくらかは保たれるだろうと思った。あとは君も知ってのとおりだ。バートは家を飛び出し、車をぶつけた。そして意識を回復したあと、僕に会うことを拒んだ」

　イェイトの片腕はまだタリーの肩にまわされていたが、もう一方の手は自分の太腿に置いていた。タリーはその手に自分の手を重ねた。

「バートは婚約を解消したの？」

「いや、婚約を解消したのはローウィーナだ。金に汚い性悪女だったからね。この屋敷は僕に遺《のこ》されたけど、父の金はバートと半分ずつ分けた。バートが喜んで地所の管理をしてくれていたから、僕はほかの分野に挑戦できていた。それがなんとかうまくいったわけさ」イェイトはつけ加えた。その言い方では控えめすぎる、とタリーは思った。「ローウィーナが僕に誘うような視線を投げてくるのには、以前から気づいていた。だが僕はバートよりも少しばかり世間を知っているから、彼女のたくらみをちゃんと見抜いていた。とにかくバートが家を飛び出していったあと、ローウィーナは言った。僕にできる唯一の名誉ある行為は、彼女と結婚することだ、と。だから、はっきり言ってやったよ。僕はそんなに高潔な男じゃないとね。そしたら彼女はあっさり引きさがったから、やっぱりそういう女だったと僕は確信した。警察がやってきたのは、そのときだった。母はその間じゅう、ずっと眠っていた。たぶん修繕工事の騒音のせいで、疲れきっていたんだろう」イエイトは太腿に置いたてのひらを返し、上に重ねられていたタリーの手を強く握った。「バートが車椅子生活になるとわかって、ローウィーナは即座に逃げ出した。一生そのままではないとわかったのは、あとになってからだったしね。それ以来、彼女についてはいっさい知らない」

「そ、それで、バートはいまだに信じているの？　あなたが……ローウィーナと関係を持ったって」

「数時間前までは信じていたよ。つまり、書斎で話をするまではね。バートは言ったんだ。ジャッキーと出会ったおかげで、ようやくローウィーナの本当の姿が見えてきたと。それでも、僕はまだためらっていた。バートがようやく歩けるようになったのに、本当のことを伝えて悪い影響が出ないかどうか考えていたんだ。そうしたら、バートのほうからこう言い出した。たとえ状況証拠があっても、僕がローウィーナをベッドに連れていったなんてもう信じていないとね。今朝の客間での一件については すでに聞いていた。バートが言うには、僕がなにを考えたかに気がついて、そのとたん頭の中でなにかがしっくりいったそうなんだ」

「それで、あなたは話したの？」まだイェイト本人の口からは聞いていないけれど、タリーの胸にはすでに安堵《あんど》が押し寄せていた。

「うん。バートがローウィーナになんの幻想も抱いていないとわかったからね」イェイトは答え、ほんの一瞬笑みを浮かべた。「君にはとても聞かせられないけど、バートは僕をいくつか無作法な言葉でののしった。そしてもう一度、状況証拠という言葉を繰り返したんだ。一年前バートはある光景を見て、それがローウィーナの並べた偽りの言葉どおりだと思った。けれど今朝は立場が逆転して、僕のほうが目撃者になり、言葉で説明されなくても君たち二人の関係がわかるような光景を目撃した。そのときようやく真実に気づいたと、バートは言ったよ」

「ああ」タリーの神経はふたたび張りつめた。今イェイトの打ち明けたことが、もともと話すつもりだったことだとは思えない。なぜなら彼が最初に話をしたいと言ったのは、客間での出来事が起こる前なのだから。タリーは不安でたまらなくなった。

「状況証拠。その言葉がずっと頭から離れないんだ。その言葉につきまとわれながら、僕は君をさがしまわったよ。誰も君を見ていなかった。君の部屋にも行ったが、やはりいない。ここにいるとは思わなかったが、ほかの場所を思いつかなかった」

「私は……ここに来て、バートと私のことを説明しようと思ったの」なにか言わなければ。もしかしたらイェイトをとめられるかもしれない。とりあえず試してみるだけの価値はある。

「状況証拠を」イェイトは真剣な顔になり、タリーの手をきつく握りしめた。「いとしいタリー、どうか話してくれ。君はあの夜、あそこでなにをしていた？」

「私は……」タリーはうつむいた。彼に悟られることはないだろう。〝いとしいタリー〟という言葉にどれだけ心を動かされたのかも、真実を言えないことでどれだけ深く悔いているのかも。「言えないのよ、イェイト。お願い、きかないで」

「タリー、ローウィーナの件をすべて話したのは、兄弟のためなら人がどこまでするか、僕はちゃんとわかっていると伝えたかったからなんだ」タリーは身を引こうとしたが、イェイトは許さなかった。「君がしたことにリチャードがかかわっているのはわかっている。そして彼が今もうちの社員である以上、君が話したがらない気持ちもよくわかる。約束するよ。決して悪いようにはしない。リチャードから仕事を取りあげたりはしない。僕を信じてくれ、タリー」

「イェイト」タリーはイェイトを見つめた。もちろん、信じている。それでも、リチャードをおとしめる言葉はやはり口から出てこなかった。「お願いだから、私に言わせないで」

懇願が聞き入れられるとは思っていなかった。しかし次の瞬間、信じられない言葉が耳に届いた。

「こんなやり方はフェアじゃないかもしれないな。もしこれが弟にかかわる話なら、僕だって決して口を割らないだろう。君自身の口から真実を聞きたいと思いつめたばかりに、現実が見えなくなっていたようだ」イェイトはいったん言葉を切った。「君をさがしている間に思い出したことがあるんだ。たしか、君は兄の世話をするのに慣れきっていたと言っていたね」また少し間が空いた。「言ってくれ、タリー。あの金を盗んだのはリチャードなんだろう？ 僕が見つけたとき、君は金を金庫に戻そうとしていたんだろう？」

この人から逃げなければ。タリーは身をよじってイェイトの腕から抜け出した。けれど、ドアのところでつかまってしまった。イェイトは自分の腕の中でタリーを振り返らせた。

「今のが答えだな？」そうきいたものの、答えを確かめる前に、唇をタリーの唇に押しあてる。

イェイトの唇は魔法のような力に満ちていた。まるで彼のために生まれてきたのではないかと思えるほどだった。両腕が上がり、彼の体にからみつく。イェイトはキスを深め、タリーを強く引き寄せた。硬い体と太腿がぴったり押しつけられる。それでも彼女は押し返そうとはしなかった。やがて唇が離れたとき、彼女の頬は真っ赤になっていた。

「君を西棟に泊めなかったのは、わざとなんだ。君を僕の近くに置けば、いずれはこういうことになるとわかっていたから。やはり思ったとおりだった」

タリーの頭はふたたび混乱した。もう一度イェイトにキスしてほしいけれど、そんなことがあってはならないのもわかっていた。イェイトは私を求めているかもしれない。でもさっきの言葉からして、欲望に身をゆだねようとはしていないようだ。私がここにいるのはバートに安心感を与えるためだった。ただ、イェイトとローウィーナの一件の真相を知らされたバートは、その安心感を必要としていない。たとえイェイトが私を求めていても、あとで必ず自己嫌悪に陥るに決まっている。私は彼の会社のお金を持ち逃げしようとした男の妹なのだから。ローウィーナとどこも変わらない。いずれは彼もそう思うに違いない。

「私、行って荷造りするわね」たぶん部屋に着く前に泣き出すだろうとは思ったが、プライドでその事実を押し隠す。「わかってるの。あなたが私を招いたのはバートのためだって。でも、バートは……」

「バートなんかどうでもいい！　僕が君にもう一度会いたかったんだ。一緒に来てくれと言ったのは、僕がそう望んでいたからだ。バートは関係ない」

「あなたが私を……」

「僕はずっと君を求めていた。僕のアパートメントの長椅子で眠っている君を見たときから、ずっと。あのときの君はとても弱々しくて、とても清らかに見えた。君を起こして、僕のものにしたかった。それから、追い払うつもりだった。君は泥棒だと思いこんでいたから」

「でも、そうはしなかった」

「ああ。なぜなのかはわからなかった。それがふさわしい扱いだと思っていたはずなのに。だから、自分に腹をたてて部屋に戻った。なぜそんなに弱腰なんだと。それからは君に関してひどいことをさんざん考えた。君の清らかさなんてどうせうわべだけだとか。だがふと気づいたら、毛布を取って君にかけてやっていた」

タリーは毛布のことを思い出したが、深く胸を打たれたのは別のことだった。あのときなぜタリーを奪わなかったのか、イェイトにはわからなかったらしい。タリーにもわからなかったが、彼がそれを話したことが急に重要に思えてきた。

「どうしてなの？」そうきいてから頰を染め、ためらいがちにつけ加えた。「私を奪わなかった理由がわからないって言ったけど」

「そろそろ察しがついたかと思っていたんだけどね。君は頭がいいと、たしか前に言ったはずだ。君はどうしてだと思う？」

「わからないわ」タリーは静かに答えた。猛烈な勢いで体じゅうを血が駆けめぐっている。早く教えてもらわないと、気を失いそうだった。

「もちろん、君を愛しているからだよ」イェイトは答えた。そしてタリーの顔から完全に血の気が引いたのに気づいて、うろたえたようだった。

イェイトの行動はすばやかった。タリーを抱きあげ、長椅子まで運んでそっと寝かせる。それからかたわらに腰を下ろし、タリーの顔に色が戻るまでなにも言わずにいた。タリーは起きあがろうとしたが、イェイトにやさしく押し戻された。

「い、今、言ったわよね。あなたは……」

「君を愛している」

「でも、そんなはずないわ」

「僕もそう思っていた。君が僕に影響を及ぼすのは、単に肉体的な欲望のせいだと考えていたんだ。だから自分に言い聞かせた。一度君をベッドに連れていけば……」イェイトは言葉を切り、やさしいキスをした。「いったん関係を持ってしまえば、君の持つ力から解放されると思っていた。君が僕を短い間に何度もいらだたせ、ふさぎこませる理由をこう考えたんだ。盗みに手を染めようとする女のことだ、どこかよくないところがあるのだろう、きっとそのせいなんだと。そのうち、君への欲望だと思っていたものが満たせるチャンスが訪れた。ところが君がバージンだとわかると、どうしても奪うことができなかった。僕はすっかり打ちのめされた。そして次の朝、朝食の席で疲れて見える君にバートがあてこするようなことを言ったとき、ふと気がつくと、僕はむきになって君をかばっていた。そのとき、ようやくわかったんだ。僕は君を愛しているんだと。バートも気づいていたみたいだけどね。あのときはひどく腹がたった。もちろん、全部君のせいだ」イェイトはそこでほほえんだ。「なぜ僕に恋をさせたと、君を責めていた。だから散歩に出かけたときには、君にやさしくできる気分ではなかったんだ。僕はひどく苦しんでいた。盗みを働いたことを思い出したら君も苦しめてやりたくなって、バートの苦しみも思い出した。あのときの僕は一人になる必要があった。君に一緒に来てくれと頼むべきではなかったんだ。それでもローウィーナと僕のことを聞いて君が逃げ出すと、すぐに追いかけたくなった。すべてを打ち明けたくなったからだ」

「思ってもみなかったわ」

「だろうね。男にかかわることになると、とくにうぶだからな、君は。そうだろう？」イェイトはやわらかく言った。「君が僕になにかしらの感情を持っているのはわかっているよ、タリー。僕をどう思っている？　僕を愛せると思うか？　今まで僕は君にとって不愉快な人でなしだっただろうが、いつもそうというわけではないんだよ」

「いつも不愉快だったわけじゃないわ。ときどき私を傷つけたと気がつくと、とてもやさしくキスしてくれたもの。まるで謝っているみたいに……」

「ああ、タリー。そんなふうに言われると、自分が本当に最低の男だって気分になる。僕と結婚してくれないか、かわいい人、つぐないは必ずするから」

「あなたと結婚？」ショックを受けたような声で言うつもりはなかった。しかし、実際にはショックを受けていた。結婚を申しこまれるなんて夢にも思っていなかったし、結婚などありえないと言わんばかりの声を出す気はなかった。

イェイトはまだ長椅子の端に座っていたが、顎をこわばらせて顔をそむけた。

「ああ、そうか、すべては僕の勘違いだったんだな。そうなんだろう？　こうなるんじゃないかと思っていたよ。君が僕を憎むようになったのは僕のせいなんだから」タリーは口をはさもうとしたが、その前にイェイトが続けた。「君がハワードを愛していないのはわかっていた。もし愛していたなら、あんなふうに僕に反応しなかったはずだから。それで僕はこう考えた。君はハワードを愛していると信じているのに、まだ彼とベッドもともにしていない。でも、僕とはすすんでベッドに行ってもいいようだった。だから、君は僕に恋しているに違いない。ここまで考えるには、ずいぶん時間がかかったよ。ひと晩まるまるかけて、自分自身と闘って、希望を持ったんだ。希望というものは人の頭におかしな影響を与える」イェイトはもの憂げに言った。タリーが思いのすべてをまなざしにこめて見つめているのにも気づいていない。「ゆうべはほとんど眠れなかった。君のもとへ行きたかった。階段の下でキスしてくれたときには、もう少しであとを追うところだった。でも、君は金を盗むような女だと無理に自分に言い聞かせたんだ。でも朝の四時になって、ようやく気づいた。手癖がよくても悪くても、そんなことは問題ではないとね」

「私があなたの会社に行ったのは、お金を盗むためじゃないわ」タリーはようやく口を開いた。イェイトに愛されているとわかったから、守ってもらえるとわかったから、もう心おきなくすべてを打ち明けられる。「すべてはあなたが考えたとおりよ。兄のブリーフケースの中にあのお金を見つけたときには死にそうだったわ。リチャードはワイン造りの事業を手がけたがっていたの。本当ならそうしていたはずなのよ。モンティが投機に手を出して大損さえしなければ」

「それは聞いている。君に知られても、リチャードは金を返そうとしなかったのか？」

「ええ。まる一時間責めたてたら、とても愚かなまねをしたってことは認めたけど、自分でお金を返しに行こうとはしなかったわ」

「ああ、タリー、今は君を見る勇気がない。抱きしめたい衝動に負けたら、抵抗されても無視するかもしれない。でも、もし君が兄を愛する半分でも僕を愛してくれたなら、僕は最高に幸せだ」

「私のあなたへの気持ちは、リチャードへの気持ちとは比べものにならないわ、イェイト」タリーは静かに言った。イェイトが苦悩に満ちた吐息をもらす。どうやら、タリーの言葉を誤解したらしい。

「すまない、タリー」イェイトは立ちあがった。

「わざと人を傷つけるなんて君らしくない。だが公平に見て、僕には当然の報いだろうな」それだけ言って、寝室のドアの方に向かう。たぶん、彼女がいなくなったと確信するまで閉じこもるつもりなのだろう。

「違うの。誤解よ」タリーはあわてて言った。「私が言いたかったのは、私の兄への愛はあなたへの大きな愛とは比べものにならないってことなの。お願いよ、イェイト、私をあなたの妻にして」

イェイトが振り返った。タリーの目に愛が輝いているのを見て取ると、顔の陰りがいっきに晴れやかになった。大股に一歩でタリーのもとに戻り、両腕を彼女の体にまわして唇を重ねる。

「ああ、タリー、僕の大事な最愛の人、心から愛している。君が僕を憎んでいると思っていたときはひどく落ちこんで、気力のかけらもなくなっていたんだ。あんなことは生まれて初めてだった」

イェイトのキスが情熱的なものに変わると、タリーも激しく応《こた》えて、彼の求めるもののすべてを惜しみなく捧《ささ》げた。タリー自身の欲求もどんどんふくらみ、気づいたときには身を引くつもりなどなくなっていた。しかし寝室まであと数歩というところで、イェイトはタリーをきつく抱いたまま体を起こした。

「いとしいタリー、もう一度キスすれば、僕はきっと正気を失ってしまう」かすれた声で言い、愛にあふれた笑みを浮かべる。タリーは天にものぼる気分だった。「やっぱり僕の判断は正しかったみたいだな。君に僕から遠い部屋を割りあてたのは正解だったよ、小さな誘惑者さん。君はどう思う？」

「私は……そうね、正しかったかもしれないわ」イェイトは私を混乱させる力を持っている、と前は思っていたけれど、今は何事においても彼についていけばいいのがありがたかった。あの寝室のドアの向こうに連れていっていいかときかれても、答えはイエスしかなかった。

さっきいざなった情熱の高みから、イェイトはやさしくタリーを連れ戻した。タリーの欲求はまだ消えず、体の震えはとまっていないものの、どうにか話をすることはできた。〝ウエストオーバー・ライズ〟での暮らし、どのくらいで仕事を辞められるか、どのくらいでイェイトと結婚するかなどについて。

なにもかもが信じられなかった。こうしてイェイトの腕に守られていることも。狂おしいほど愛している、一カ月以上は結婚を待てないという彼の言葉も。そしてもっとも信じられなかったのは、イェイトのほうもタリーの愛が本物だと知りたがっていることだった。

「私、頬をつねってみたほうがいいかもしれないわ。こんなことが私の身に起きるなんて信じられない」

「僕を信じてくれ、ダーリン。とにかく一カ月以内にはその考えに慣れてもらうよ。そうしたら二人は結婚する。もし一カ月後にまだ確信できていなくても、きっとそのあと確信するさ」イェイトの言葉は愛にあふれるキスで締めくくられた。それから数分間、部屋は静けさに包まれていたが、やがてイェイトは強い自制の力でタリーを少しだけ遠ざけた。

「まじめに聞いてほしいんだ、スイートハート。君を腕に抱いていると、頭がまともに働かなくなってしまう」どういう意味かはよくわかった。彼の腕に抱かれていると、タリーも同じだったから。「君をベッドに連れていくのは、君が僕の妻になったときにしたい。君は愛する人のために無私の心で尽くす。だったら、君も同じように愛されるべきだ。でも、これだけは信じてくれ。僕は僕のすべてをかけて君を愛している」

「もちろん信じるわ。ただなにもかもがあまりに突然で、初めてのことばかりだから……」

「本当はもっと前に話すはずだったんだ。それなのに、あのいまいましいシュトゥットガルトからの電話がじゃまをした。君がバートの腕に抱かれているのを見たのもあまりよくなかったが」イェイトは思い出したようにつけ加えた。「この愛はとても深い感情なんだ。バートのためならなんでもできると、僕はつねづね思っていた。だが今朝、君がバートの腕の中にいるのを見たときには、バートを殺してでも後悔しなかっただろう。まるで殺人者になった気分だった。家から離れたのはそのせいなんだ」

そのときようやく、タリーはイェイトの思いの深さをいくらか理解した。今朝の彼の表情を思い返せば、その言葉が冗談ではないことがわかる。タリーは手を上げ、イェイトの顔に触れた。あのときの彼の気持ちはよくわかる、でも、そんなふうに感じる必要はまったくなかったのに。その瞬間、ふいに頭をよぎったことがあった。

「イェイト、今朝あなたが話をしたいと言ったとき……私に結婚を申しこむつもりだったの?」

「ああ、もちろん。僕は……」

「でも、あのときはまだ私が泥棒じゃないって知らなかったはずよ。それがわかったのは……」

「そうだな。さっきも言っただろう、ダーリン、僕はひと晩の半分をかけて自分自身と闘い、朝の四時に気づいたんだよ。大事なのは愛だけだと」

「だったら、私が本当に犯罪者でも、あなたは私と結婚したの?」

「君を愛していると言ったはずだよ、タリー」イェイトはやさしく言った。「僕を信じないのか?」

「ああ、イェイト」タリーの目に涙があふれた。

「ええ、もちろん信じるわ。そして、あなたを愛している。とても、心の底から」

君に甘いつぐないを
2012年2月20日発行

著　　者　ジェシカ・スティール
訳　　者　水月　遙（みなつき　はるか）

発 行 人　立山昭彦
発 行 所　株式会社ハーレクイン
東京都千代田区外神田3-16-8
電話 03-5295-8091（営業）
03-5309-8260（読者サービス係）

印刷・製本　大日本印刷株式会社
東京都新宿区市谷加賀町1-1-1

ISBN978-4-596-22215-2 C0297

2月20日の新刊　好評発売中！

愛の激しさを知る　ハーレクイン・ロマンス

天使と出会った夜に	マギー・コックス／井上絵里 訳	R-2704
愛人のレッスン	ケイトリン・クルーズ／漆原　麗 訳	R-2705
冷たい貴公子	ペニー・ジョーダン／青山有未 訳	R-2706
愛に目覚めた乙女	シャロン・ケンドリック／松尾当子 訳	R-2707
一夜だけの妻	ルーシー・モンロー／大谷真理子 訳	R-2708

ピュアな思いに満たされる　ハーレクイン・イマージュ

君に甘いつぐないを	ジェシカ・スティール／水月　遙 訳	I-2215
十五年目のプレイボーイ（富豪三兄弟の秘密Ⅱ）	スーザン・メイアー／瀧川紫乃 訳	I-2216

この情熱は止められない！　ハーレクイン・ディザイア

氷のシークと情熱の花嫁（ゾハイドの宝石Ⅲ）	オリヴィア・ゲイツ／富永佐知子 訳	D-1503
ラテンの恋は激しくて（大富豪の甘い罠Ⅰ）	キャサリン・ガーベラ／土屋　恵 訳	D-1504

ニューヨーク編集部発ラブストーリーの決定版　ハーレクイン・ラブ

キスまでの導火線	マリーン・ラブレース／中野　恵 訳	HL-23
さよならは、いらない	ノーラ・ロバーツ／泉　智子 訳	HL-24

＊ハーレクイン・ラブは、2月をもって休刊となります。

もっと読みたい“ハーレクイン”　ハーレクイン・セレクト

復讐の扉が開くとき	ジャクリーン・バード／矢部真理 訳	K-46
マチルダの恋	ベティ・ニールズ／大島ともこ 訳	K-47
パンドラの海	テッサ・ラドリー／森　香夏子 訳	K-48

永遠のハッピーエンド・ロマンス　コミック

- ハーレクインコミックス（描きおろし）毎月1日発売
- ハーレクインコミックス・キララ　毎月11日発売
- ハーレクインオリジナル　毎月11日発売
- ハーレクイン　毎月6日・21日発売
- ハーレクインdarling　毎月24日発売

3月5日の新刊　発売日3月2日

※地域および流通の都合により変更になる場合があります。

愛の激しさを知る　ハーレクイン・ロマンス

復讐はセクシーに	ジャクリーン・バード／柿沼摩耶 訳	R-2709
拒めない情熱（名ばかりの花嫁）	リン・グレアム／西江璃子 訳	R-2710
罪までもいとしく	エリザベス・パワー／中岡　瞳 訳	R-2711
踏みにじられた初恋	スーザン・スティーヴンス／渚家みのり 訳	R-2712
愛を知らないプリンス	アニー・ウエスト／八坂よしみ 訳	R-2713

ピュアな思いに満たされる　ハーレクイン・イマージュ

ギリシアの悪魔	ヴァイオレット・ウィンズピア／南　和子 訳	I-2217
変身は真紅のドレスで	ジェニー・アダムズ／加納三由季 訳	I-2218

この情熱は止められない！　ハーレクイン・ディザイア

ボスと甘い週末を	キャシー・ディノスキー／雨宮幸子 訳	D-1505
運命の手の中で（ダンテ一族の伝説）	デイ・ラクレア／高山　恵 訳	D-1506

もっと読みたい“ハーレクイン”　ハーレクイン・セレクト

一夜の波紋	ヘレン・ビアンチン／愛甲　玲 訳	K-49
プレイボーイにさよなら（三つの愛の詩Ⅲ）	サラ・モーガン／竹中町子 訳	K-50
君と出会ってから	ジェシカ・スティール／永幡みちこ 訳	K-51

華やかなりし時代へ誘う　ハーレクイン・ヒストリカル・スペシャル

塔の上の花嫁	アニー・バロウズ／長沢由美 訳	PHS-34
レディに御用心	アン・アシュリー／吉田和代 訳	PHS-35

ハーレクイン文庫　文庫コーナーでお求めください　3月1日発売

藁くじの花嫁	ダラス・シュルツェ／上木さよ子 訳	HQB-428
一瞬で恋して	ローリー・フォスター／佐々木真澄 訳	HQB-429
誓いに薔薇の花びら	ヘレン・ビアンチン／久坂　翠 訳	HQB-430
償い	マーガレット・パージター／小池　桂 訳	HQB-431
妻を買った億万長者	シャロン・ケンドリック／中村美穂 訳	HQB-432
待ちわびるひと	スーザン・マレリー／柳　まゆこ 訳	HQB-433

不動の人気を誇る超人気作家リン・グレアム

タリーは異母妹のお目付け役として訪れたパーティで裕福なプレイボーイと出会う。男性を知らないタリーは彼の誘いを断るが、惹かれる気持ちは抑えられず…。

〈名ばかりの花嫁〉
『拒めない情熱』

●ロマンス
R-2710
3月5日発売

ヴァイオレット・ウィンズピアが描くギリシア人実業家との愛なき結婚

ブリスは、プロポーズを断った相手パリスに弟が訴えられると知り、パリスの元を訪れた。すると彼は、自分との結婚を条件として持ち出し…。

『ギリシアの悪魔』

●イマージュ
I-2217
3月5日発売

デイ・ラクレアの人気シリーズ〈ダンテ一族の伝説〉

出会い、触れ合った瞬間から"炎"を感じたコンスタンティンとジェンナは、お互いを運命の相手と確信する。しかし彼はジェンナを残してイタリアに帰国してしまい…。

『運命の手の中で』

●ディザイア
D-1506
3月5日発売

超人気作家ヘレン・ビアンチンが描く偽りの結婚生活

過去のトラウマから男性不信に陥るティナは、親友の兄から形だけの結婚を提案される。魅力的な実業家の彼から愛されるわけがないと分かりながらも…。

『一夜の波紋』(初版:R-2121)

●セレクト
K-49
3月5日発売

心を閉ざした伯爵への切ない想いを
流麗に描いたリージェンシー

身代わりの花嫁でもあなたに愛されたくて。

アニー・バロウズ作
『塔の上の花嫁』

●ヒストリカル・スペシャル
PHS-34
3月5日発売

春を彩るベテラン作家たちの初期作品復刻!
第1弾はアン・メイザーが描く、プレイボーイ御曹司との恋

はかなく散った17歳の初恋。7年の時を経て、この春ふたたび花開く——。

『めぐり逢い』(初版:R-138)

●プレゼンツ別冊
PB-115
3月5日発売